서평 쓰기,

저만 어려운가요?

김민영

방송작가, 영화비평 활동가, 출판기자로 일했다. 저술과 강의가 업인 프리랜서 작가다. 고려대학교 언론대학원에서 언론정보학을 공부했다. 각 학교, 교육청과 대학에서 독서토론과 글쓰기를 강의한다. 학습공동체 숭례문학당 이사. 블로그 '글 쓰는 도넛', 유튜브 '김민영의 글쓰기 수업', 지은 책으로 『나는 오늘도 책 모임에 간다』, 『첫 문장의 두려움을 없애라』, 공저 『질문하는 독서의 힘』, 『서평 글쓰기 특강』 등이 있다.

류경희

독서토론·글쓰기 강사 및 연구자. 가톨릭대 대학원에서 독서 교육을 전공했다. 학교, 공공 도서관과 교육청, 대학에서 독서토론과 글쓰기를 강의한다. 온라인과 오프라인으로 책 모임과 글쓰기 모임을 기획하고 진행한다. 연구 논문으로 「중년여성의 인문그림책 경험 연구−독서토론 내용을 중심으로」가 있으며, 공저로 『글쓰기로 나를 찾다』, 『이젠, 함께 걷기다』, 『온라인 책 모임 잘하는 법』, 『촌놈』 등이 있다.

김민영×류경희 지음

서평 쓰기, 저만 어려운가요?

엑스북스

» 본문의 1장, 2장, 5장은 김민영이, 3장, 4장은 류경희가 각각
집필하였습니다.

차례

균형 잡힌 서평 쓰기

어느 서평가는 서평이란 "책을 읽지 않을 구실을 만들어 주는 글"이라고 말했습니다. 전혀 모르는 책이라도 읽은 느낌이 들어 결국 읽지 않을 수 있다는 우려처럼 들리죠. 어쩌면 '서평의 장점'을 강조한 반어법처럼 보이는 말입니다. 서평에는 충실한 책 정보와 추천 이유가 가득하기 때문이죠. 물론, 서평을 보고 책을 장바구니에 넣는 사람이 더 많을 겁니다. 책의 재미 있는 요소와 특징을 담아낸 글이니까요. 서평을 한 줄로 설명하자면 '책 소개와 추천 이유가 고르게 들어간 균형 잡힌 글'입니다.

누군가에게 책을 추천하고 싶어질 때 우리는 서평을 씁니다. 한 명이라도 이 책을 읽으면 좋겠다는 마음으로 첫 문장을 시작합니다. 문제는 '구구절절'입니다. 쓰다 보면 정리가 안 되고 의외의 방향으로 흘러갑니다. 간결한 서평을 쓰고 싶지만 이 글이 독후감인지 서평인지조차 헷갈립니다. 때론 서평가도 아닌데 책에 대해 말하는 게 맞나 싶어 비공개로 둡니다. 쓸 때는 재미있는데, 끝내면 열기가 망설여지는 글이 서평인가 봅니다. 가끔은 전문가의 서평처럼 멋져 보이지도 않아 문을 닫아 둡니다.

전작 『서평 글쓰기 특강』(북바이북, 2015)의 실전편을 써달라는 요청을 받는 동안 9년이 흘렀습니다. 서평을 쓰면서, 서평을 첨삭하면서, 서평 쓰기 강의장에서 기록한 메모들이 쌓여 이 책이 되었습니다. '실전'. 뭔가 전투적인 느낌이 들기도 하지만, 서평 한 편은 반드시 마무리하고 싶은 독자를 위한 실전편입니다. 서평을 처음 쓴다면, 서평 쓰기를 중단했다면, 서평을 쓰는 중이라면 이 책을 지도 삼아 쓰시면 됩니

다. 서평 쓰기의 빠른 길 찾기처럼 시행착오를 줄여
주는 글쓰기 안내서입니다.

　서평은 왠지 전문 서평가나 평론가가 쓰는 글처
럼 보입니다. 하지만 서평은 초등학생도 쓰는 '별점
글쓰기'입니다. 일상 안에 녹아 있는 비평의 습관이
'책'이라는 근거로 드러나는 것뿐입니다. 우리에게 서
평이, 비평이 낯선 이유는 비평의 공부 경험이 없기
때문입니다. 우리는 모두 비평 없는 교실에 앉아 있었
으니까요. 비평이란 곧 양가적 질문입니다. 한 방향만
이 아닌 다른 방향의 시선도 필요한 질문입니다. 쉽게
말해 비평은 호불호입니다. 좋은지, 좋지 않은지. 왜
좋은지, 왜 좋지 않은지를 설명하는 글쓰기가 비평입
니다. 비평의 글감이 책이면 서평이고, 영화면 영화평
이 됩니다. 책에 실어 둔 다양한 예시와 방법의 줄기
를 따라가면 누구나 서평을 쓸 수 있습니다.

　『서평 쓰기, 저만 어려운가요?』는 실전 수업처럼
구체적으로 쓴 책입니다. 목차대로 읽으면 서평 한 편
을 뚝딱 완성할 수 있습니다. 독후감도 서평으로 다듬
어 보세요.『서평 글쓰기 특강』후 9년 만에 여는 수업

이네요. 개강이 늦어 죄송합니다. 자 그럼 서평 쓰기
실전 수업을 시작해 볼까요!

2024년 9월 김민영

1장

서평 쓰기는 왜 어려울까요?

01
책 고르기부터 달라져야 한다

재미있는 책을 고르면 책장이 술술 넘어간다. 휘리릭 넘기다 보면 우동 한 사발 들이킨 듯 후루룩 한 권이다. 이 달콤한 재미도 기록해야 오래간다. 어디든 써 두어야 한다. 그런데 첫 문장이 떠오르지 않는다. 재미있긴 했는데 뭐라고 써야 할지 모르겠다. 일단 인상적인 페이지부터 찍어 두려고 카메라를 켠다. 그러다 보니 밑줄만 쌓이고, 정리할 엄두가 나지 않는다. 책은 재미있는데 쓰기는 왜 이리 어려운 걸까. 책 읽기는 늘 글쓰기보다 빠르다. 책 읽기라는 토끼를 글쓰기라는 거북이가 엉금엉금 따라가는 꼴이다. 남이 써 놓은 글을 읽기란 쉽지만 내가 직접 쓰기는 힘들다. 밀린 글은 태산인데 다른 책부터 펴게 된다.

그럴 때 서평 쓰기의 틀을 빌리면 조금 더 쉽게 쓸 수 있다. 서평은 선명한 틀이 있기에 순차적으로 살을 붙여 나가면 블록 쌓듯 한 편이 완성된다. 이때 깨닫는 중요한 사실 하나가 있다. 서평이 잘 써지는 책은 따로 있다는 사실이다. 물론 서평 쓰기에 능숙한 사람이야 어떤 책이든 수월하게 쓰겠지만 초보자라면 다르다. 시작부터 막막해진다. 다음과 같은 책을 고른다면 서평 쓰기는 더 어려워진다.

- 너무 빨리 읽히는 책
- 매우 재미있거나 감동적인 책
- 내용 파악이 잘 안 되는 어려운 책
- 며칠간 들고 있어도 제자리인 책
- 유명하다는데 와닿지 않는 책
- 읽는 내내 실망스러운 책

......

물론 기준은 '나'라는 독자다. 너무 빨리 읽히는 책은 그야말로 단숨에 꿀꺽이다. 순식간에 끝나 버린 영화 관람 역시 비슷한 경험이다. 좋아하는 음식을 순식간에 먹어 치운 듯한 느낌이다. 어떤 점이, 왜 재미있었는지 생각하려니 떠오르지 않는다. 그냥 재미있으면 그만이지 무슨 이유가 있나 싶다. 서평을 쓰려니 할 말이 선뜻 나오지 않는 경우처럼 말이다. 매우 재미있거나 감동적인 책은 어떤가. 푹 빠져 버리는 잠수형 독서다. 오히려 빠져나오기 어려워 구구절절 감상기가 된다. '재미있었다', '감동적이었다'는 표현만 습관처럼 반복하고 만다.

그렇다면 어떤 책을 골라야 서평이 잘 써질까? 이런 책이라면 쓸 말이 잘 떠오르고, 쓰고 싶은 마음이 분명해질 것이다.

- 누군가에게 소개하거나 추천하고 싶은 책
- 책 내용이나 감흥, 관점을 오래 기억하고 싶은 책
- 서평을 써야 생각이 정리되는 책
- 질문하고 싶은 책

○ 비판적으로 읽은 책

○ 다른 사람의 생각이 궁금한 책

……

　그냥 재미있게 읽은 책, 감동받은 책으로 서평을 쓰면 안 되나? 그럴 땐 재미와 감동이라는 상황을 설명하기가 얼마나 어려운지 생각해 보자. 어디가, 어떻게, 왜 재미있었는지 혹은 감동적이었는지 설명하다 보면 다시 독후감으로 흘러 버린다. 요목조목 간결하게, 일목요연하게 쓰고 싶은데 다시 일기체다. 글쓰기 경험이 부족한 초보자라면 더욱 어렵다. 내 감정을 서평으로 표현하기란 불가능하다고 느낄지도 모른다. 서평을 포기하고 독후감에 안주하거나 글쓰기를 미룬다. 이런 고민에 빠진다면, 위에 해당되는 책부터 서평을 써 보자. 생각보다 정리가 잘 될 뿐 아니라 쓸 말도 많아지는 경험을 하게 된다.

　서평은 어찌 되었든 '평'을 해야 하기에 '평'할 책을 찾는 순간부터 글쓰기가 시작된다고 해도 과언이 아니다. 책이든 영화든 공연이든 맛집이든 비슷하다.

너무 좋았거나, 싫었거나, 감동이거나, 그저 그렇다면 평보다는 '느낌'을 쓰게 된다. 객관형 사고의 레이더가 죽어 버리기 때문이다. 대신 감정의 레이더만 팽팽 돈다. 또는 그조차 움직이지 않는다. 그러니 평하고 싶은, 평할 만한, 평이 되는 책부터 서평을 써 본다.

쉬운 예로, 친구가 별점 만점이라며 추천한 맛집에 가 보았더니 기대 이하였다면 어떨까. 친구의 안목부터 의심하게 될까? 나의 취향이 유별난 게 아닌지 고민하게 될까? 아니 '화'가 날지도 모른다. 자신의 팔랑귀가 싫어진다. 돈도 시간도 에너지도 아깝다. 역시 남의 추천은 나와 맞지 않는다는 생각에 할 말이 떠오르지 않는다. 물론 기대 이하였다 해도, 이런 경험도 해 보는 거지라며 무던한 태도를 보일 수 있다. 이런 경우에도 할 말은 별로 없다. 화는 결국 무던함과 무관심으로 이어지기에 평할 욕구가 사라진다. 악평이라도 남길까 하다 그마저도 귀찮아진다.

이와 달리 친구가 별점 만점이라며 강력 추천한 맛집에 갔더니 꽤 괜찮다고 느꼈다면? 친구만큼은 아니지만 추천할 만하다는 생각이 든다. 아니, 추천해야 할 숨은 맛집이다. 평소에 추천을 잘 하는 편은 아니지만 이런 집이라면 몇 줄 소개해도 좋겠다 싶다. 그럴 땐 맛집의 ○음식 ○서비스 ○가격 ○거리 ○교통수단과 같은 몇 가지 항목을 메모해 소개할 수도 있다. 누구나 비평의 욕구를 갖고 있지만, 그것이 늘 튀어나오는 것은 아니다. 평하고 싶은 경험이어야 평이 나온다. 서평의 달인 혹은 서평이 직업인 출판기자라면 무슨 책이든 능숙하게 써야 하지만 평범한 독자라면 다르다. 서평을 쓰고 싶은 책이 따로 있는 것이다.

여기서 만나는 또 다른 고민은 '의무 서평'이다. 학업, 업무, 과제 등의 이유로 작성해야 하는 의무 서평을 쓰기가 막막하다면 어떻게 극복할까. 내가 좋아서 고른 책도, 유익해서 고른 책도 아니지만 반드시 써야 하는 의무적인 서평 말이다. 그럴 땐 작성 순서를 달리하는 전략이 필요하다. 목표는 고득점이다. 평가자 입장에서 무엇을 중시할까 생각하며 쓰자. ○알기 쉽게 간결히 요약했는가 ○책의 특징이 잘 정리되어 있는가 ○자신의 관점이 구체적으로 정리되어 있는가를 중심으로 작성한다. 의무 서평의 작성 순서를 간단히 정리해 보자.

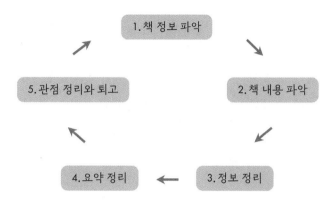

내용을 파악하기 전, 가장 먼저 책의 정보를 파악한다. 필수 정보값, 즉 지식과 교양을 스스로에게 입력하는 과정이다. 예를 들면 책의 특징과 정보, 배경, 작가 소개 등이다. 이후 내용을 자연스럽게 파악한다. 완독 후엔 책의 정보값에 해당하는 저자 소개, 책 특징부터 서술한다. 요약 정리보다 객관적인 정보이므로 이 과정이 먼저다. 부담 없는 과제부터 해내면, 자신감도 올라간다. 다음은 요약이다. 문학이라면 '기승전결'에서 '승' 또는 '전'까지 간단히 요약하고, 비문학이라면 목차정보를 적극 활용해 주 키워드를 요약하면 정리가 수월해진다. 이때 발췌한 텍스트도 한편에 메모해 둔다. 마지막으로는 내가 이 책을 바라본 관점을 정리한다. 의무 서평이라도 저마다 조금씩 순서의 차이가 있겠지만 대략 이런 흐름을 따라가면 횡설수설하는 글만은 쓰지 않게 되니 참고해 보자. 쓰기 싫은 서평도 써야 할 때가 항상 찾아오는데, 그때 활용하면 적당한 가이드라인이다.

보다 쉬운 서평 쓰기(순서대로)

- 주요 책 정보 입력
- 주요 요약 정리
- 양가적 관점 정리

02
나의 글쓰기 체력 체크리스트

글을 쓸 때도 체력이 필요하다. 글쓰기의 기초를 이루는 힘과 문장과 문맥을 움직이는 힘이 동반되어야 한다. 한 문장이 다음 문장을, 하나의 생각이 다른 생각을 끌고 올 힘이 필요한 것이다. 당연한 말이지만, 매일 조금씩 꾸준히 단련해야 쌓이는 힘이다. 글쓰기가 종종 운동에 비유되는 이유다. 글쓰기가 처음인 사람은 근력 운동 초보자처럼 자신의 약한 부분을 실감하게 된다. 머릿속에 떠다니는 생각을 표현할 어휘가 떠오르지 않아 멍해진다거나, 같은 말이 반복되는데도 다른 단어가 잡히지 않아 한숨만 푹푹 나오는 상황이니, 2kg 아령마저 들기 힘겹게 느껴지고, 이런저런 운동 기구들을 기웃거려 보지만 뭘 어떻게 해야 할지 막막한 초심자와 같다. 기초가 쌓일 때까지 이 방황은 계속된다. 결국 누가 잘 쓰냐가 아닌 누가 잘 버티느냐의 문제가 글쓰기 체력을 결정짓는다. 처음엔 2kg 아령도 못 들었던 사람이 양손에 5kg씩 들고 런지를 척척 해내기까지 버틴 시간을 떠올려 보자. 자신의 저질 체력을, 게으름을 탓하기보단 곧바로 운동 센터로 향하는 편이 체력을 쌓는 지름길이다.

부족한 재능, 시간이나 체력 부족을 호소하기보다 오늘 단 다섯 문장이라도 써야 지름길에 가까워진다. 소설이나 시처럼 특별한 문학적 재능을 요하는 분야가 아니라 나의 생각을 제대로 정리하고 표현하기 위한 글쓰기라면 재능 따위 필요 없다. 우직하게 반복하고 연습량을 쌓으면 누구나 잘 읽히는 글을 쓸 수 있다. 물론 서평도 마찬가지다. 서평은 재능이 아닌 연습과 경험의 글쓰기다. 서평을 쓰기 위한 체력만 쌓는다면 누구나 쓸 수 있다. 그렇다면 나의 글쓰기 체력은 어느 정도일까. 본격적인 서평 수업에 앞서 글쓰기에 관한 전반적인 체크리스트부터 살펴보자.

- 다른 사람이 내 글을 어떻게 볼까 신경이 쓰인다. ☐
- 무엇을 써야 할지 몰라 시작조차 못 하겠다. ☐
- 몇 줄 쓰면 더 이상 쓸 게 없어 분량 늘리기가 어렵다. ☐
- 글을 어떻게 끝내야 할지 모르겠다. ☐
- 생각을 표현할 어휘가 빈약하게 느껴진다. ☐

부디, 다섯 개 모두 체크하지는 않기를 바라지만, 설령 그러했더라도 희망은 있다. 매일 5분 글쓰기를 연습하면 된다. 글쓰기를 좋아하지 않는 데다, 책과 친하지 않으니 매일 10분 글쓰기조차 버거울 수 있다. 5개를 표시했다면 매일 5분 글쓰기를 2주간 이어 가며 몇 문장까지 쓸 수 있는지 관찰한다. 점점 쓰는 시간과 횟수를 늘려 가며 글쓰기와 친해진다. 서너 개를 체크했다면 매일 10분 책 읽기와 10분 글쓰기를 이어 간다. 글쓰기 습관을 기르기 위해 글쓰기 모임에 들어가도 좋다. 30일, 100일 글쓰기 모임 등을 찾아 시작하자. 생각보다 쓰는 습관이 빨리 붙는다. 두 개만 체크했다면 청신호다. 글을 잘 쓰고 싶은 사람이라면 누구나 이 정도의 고민은 한다. 나름의 섬세함과 예민함 또는 소심함을 장착했다는 신호이기에 스스로가 쉽게 마음에 들 리 없다. 자신에게 박한 점수를 주면서도, 그 괴로움을 극복해 나가는 과정이 글쓰기라 할 수 있다. 돈도 명예도 안 되는 그 힘든 일을 왜 하냐고 묻는다면 오직 나를 위해서라고 말한다. 내 안의 감정을, 생각을, 기억을 표현하며 스스로를 알게 되고 더욱 아낄 수 있기에 글쓰기는 누구에게나 필요하다. 한두 개만 체크한 정도라면 초조해할 필요 없다. 오히려 자신의 예민함에 자신감을 느껴도 좋다. 예민하기에 남들보다 더욱 예리하게 감각하고 관찰할 수 있다.

다음은 서평 쓰기 전, 필수 체크리스트다. 각 항목에 그렇다고 생각하면 O, 아니라고 생각하면 X를 표시한다. 표시를 끝낸 후 O가 몇 개인지 세어 본다.

○ 서평과 독후감은 큰 차이가 없어 보인다. (　)

○ 서평은 전문 서평가의 영역이라고 생각한다. (　)

○ 서평은 논리와 객관성을 완벽하게 갖춰야 한다. (　)

◦ 서평은 책을 많이 읽어야만 쓸 수 있다. (　)

◦ 서평은 책을 추천하는 글이므로 비판적인 내용은 쓰면 안 된다. (　)

◦ 서평에는 내가 재미를 느끼거나 감동받은 부분을 쓰면 안 된다. (　)

◦ 서평에는 내가 책을 읽게 된 계기를 쓰면 안 된다. (　)

◦ 서평이란 감상기나 리뷰를 뜻한다. (　)

◦ 책을 많이 읽으면 서평도 잘 쓸 것이다. (　)

O가 다섯 개 이상이라면 아직 서평에 대한 지식이 부족하다고 볼 수 있다. 아마도 난생 처음 서평 쓰기에 도전하려는 독자가 아닐까. 반면 O가 3개 미만이라면 서평에 대해 꽤 들어 봤거나 서평을 한두 번은 써 본 사람일 수 있다. 예를 들어 보자. 독후감과 서평의 차이가 무엇인지 모르는데다, 서평은 전문 서평가의 글이라고 생각하며, 비판적인 내용도 재미나 감동을 받은 부분도 반영해선 안 된다고 여겨 이 항목에 전부 O를 표시했다면 서평 쓰기가 두려울 것이다. 서평 기초 체력이 약한 상태다. (필자의 전작 『서평 글쓰

기 특강』(북바이북, 2015)을 참고하며 이 책을 읽으면 기본기를 채울 수 있다.)

　만약 여러분이 도서관에 취업한 신입 사서인데 도서관장의 요구로 신문에 실릴 서평을 써야 한다고 상상해 보자. 문헌정보학을 전공했고 공무원 시험에도 합격했지만 실무 경험이 전혀 없는 신입이라면 개념조차 잡히지 않을 것이다. 서평에 대한 개념은 물론, 글의 방향조차 제대로 잡기 힘들어 첫 문장도 못 쓴 채, 다가오는 마감일 때문에 발등이 불에 활활 타오르는 듯한 공포에 떨지도 모른다. 글쓰기의 기초 체력부터 갖춰야 할 신입 사서의 심정을 떠올려 본다면 왜 답을 맞히지 못했는지 이해하기 쉽다. 위 항목에 대한 정답을 별도로 실을 필요는 없다. 정답은 전부 X이기 때문이다. 이 책을 재미있게 읽다 보면 서평에 대한 지식이 절로 자리 잡고 자신감이 붙어 서평 한 편쯤은 뚝딱 쓰게 된다. 기초 체력이란 쌓이기 마련이니, 각 장의 설명과 예시를 익히다 보면 어느새 서평 쓰는 실력도 쑥쑥 자라게 된다.

0^3
서평 쓰기를 위한 매일 글쓰기 습관

출판기자 시절, 서평 쓰는 일과를 반복했다. 책에 관한 보도자료를 읽는다 → 서평을 쓴다 → 취재 현장에 간다 → 책을 읽는다 → 기사를 쓴다 → 처참하게 지적받는다 → 고친다 → 더 처참하게 지적받는다 → 다시 고친다는 과정이 반복되니 서서히 지쳐 갔다. 그때 모 일간지의 한 기자를 취재하게 되었는데 그 역시 주어, 서술어도 못 맞추어 혼나던 시절이 있었음을 알고는 묘한 안도감이 느껴졌다. 마치 전생부터 기자였던 것처럼 능숙한 글솜씨를 자랑하던 그에게도 흑역사가 있다니, 내게도 희망이 보였다. 편집부장에게 매일 글 지적을 받던 그도, 일 년 후에는 책 한 권은 금세 써낼 수 있는 실력이 되었음을 깨달았다고 말했다. 일 년이라는 단기간에 실력이 오른 비결은 바로 매일 쓰기였다. 매일 쓰고 고치고를 반복하다 보니 약점이 개선되고 강점이 뚜렷해졌다는 말에 역시 연습이 필요하구나 싶었다. 기자의 글쓰기란 당연히 매일의 글쓰기다. 매일 쓰고 고치고 다듬어 읽히는 글을 써야 하니 하루하루 연습량이 쌓이는 직업인 셈이다.

그렇다면, 나는 기자도 아닌데 어떻게 연습량을 쌓아야 하나 고민할 수 있다. 서평이 생각만큼 써지지 않는다면 매일 규칙적으로 글을 썼는가부터 돌아보자. 단 몇 문장이든 매일 쓰는 노력을 했는가. 혹, 책만 읽었지 쓰기에는 소홀했다면, 표현에 서툴 수 있다. 예를 들어 "나는 소설의 아름다운 문장에 감동했다"라고 쓰면 왠지 일기처럼 보여 만족스럽지 않다. 보다 객관적으로, 설득력 있게 표현하고 싶은데 막연하다. 그래서 우리는 감상형 글쓰기를 자주 해야 한다. 다양한 표현을 '발굴'할 뿐 아니라 '성장'시킬 수 있기 때문이다.

1일차 ▸ "나는 소설의 아름다운 문장에 감동했다."

2일차 ▸ "나는 각 인물의 복잡미묘한 심리를 묘사하는 문장에 반했다."

3일차 ▸ "나는 각 인물의 복잡미묘한 심리와 산속 일과를 묘사하는 문장에 사로잡혔다."

4일차 ▸ "아일랜드 산악 지역이라는 배경과 산속 생활을 묘사한 섬세한 묘사가 눈길을 사로잡는다."

5일차 ▸ "아일랜드 산악 지역이라는 배경과 산속 생활을 묘사한 작가 특유의 정교한 묘사가 돋보인다."

처음엔 모호하고 단조로운 문장을 썼지만 점점 구체적으로 설명하고 있다. 정보가 생겼고, 책과의 거리가 생겼다. 나만 보는 일기에서 독자가 읽는 서평으로 거듭났다. 이것이 곧 잘 쓰고 싶은 한 문장을 발전시켜 나가는 점층식 문장 훈련이다. 오늘은 막막해도 내일은 생각나리라는 인내와 집념이 필요하다. 좋은 문장은 하늘에서 운 좋게 뚝 떨어지는 것이 아니라, 끊임없이 고치고 다듬은 쇠질의 결과물이다. 소설가 김애란도 한 인터뷰에서 글쓰기를 '지난한 노동'에 비유한 적이 있다. 서평 쓰기 또한 설명하고 표현하는 노동이며 연습일 것이다.

"이 책 재미있어?", "그 영화 어땠어?"라는 질문들에 "재미있어", "좋았어" 정도로만 답하고 머뭇거려 왔다면, "그 작가 책은 처음 읽었는데, 일본 장르 소설을 싫어하는 나 같은 사람도 단숨에 볼 것 같아. 추천할 만해", "500만 관객이 넘었대서 봤는데 기대보다 시나리오와 연출이 정교해서 지루할 틈이 없었어"라고 말해 보면 어떤가. 평소 말수 없는 사람이라도 조금씩 연습하다 보면 자연스럽게 표현할 수 있다.

표현력은 소소하게 쌓여 가는 습관이며 힘이다. 표현하지 않아도 알아차릴 수 있는 존재는 어쩌면 장자끄 상뻬의 그림책 『얼굴 빨개지는 아이』(열린책들, 2018)에 나오는 '마르슬랭'과 '르네'뿐일지도 모른다. 이야기 속 두 사람은 어른이 되어 재회했지만 어린 시절 그때처럼 말없이 서로의 곁에 있기만 해도 이해받는 존재들이다. 우리가 만나는 관계들도 이처럼 흘러가면 좋겠지만 아쉽게도 그렇지 않다. 표현을 잘못하거나, 표현하지 않으면 오해하거나 이해하지 못한다. 내 뜻과는 다르게 받아들여지거나, 가만히 있는다는 이유로 존재감조차 없어진다. 튀기 싫어서, 주목받을까 봐, 지적이 두려워서, 책임져야 하니까… 여러 이유로 의사 표현을 하지 않을수록 결정적인 순간에서조차 머뭇거리게 된다. 기회를 놓치게 되는 것이다. 나중에야 할 말이 떠오르고, 이렇게 대처할걸 하는 후회가 든다. 그러다 보면 자신감이 떨어지고 점점 그저 수긍하고 순종하는 사람이 된다. 불만이나 화가 쌓여도 어떻게 표현해야 할지 모른다. 그게 화병이나 우울감으로 이어져 글쓰기를 시작하는 사람도 있다.

코로나 시절, 우울증으로 힘겨워하던 한 후배의 제안으로 '100일 치유 글쓰기'를 시작했다. 100일간 자신의 감정과 상황을 기록하는 치유와 회복의 온라인 글쓰기 공간이다. 이 글쓰기가 자신에 대한 첫 기록이라는 고백도 많았다. 100일의 최소 단위는 '매일', 즉 주말과 공휴일에도 매일 쓰자는 글방이다. 매일의 소소한 표현이 쌓여 기록하는 습관이 된다는 사실을 글방에서 확인했다. 소소한 일과조차 쓰지 않았던 사람이 갑자기 본격적인 '평'을 써야 한다면 막막할 수밖에 없다. 오랜 시간 "네네" 형으로 살아왔다면 더욱 두려울 것이다. '내가 이렇게 평해도 되나? 감히?' 자기 검열이 바로 따라붙기 때문이다.

일기가 모여 단상이 되고 단상이 다듬어지면 에세이가 된다. 나만 읽던 일과의 기록이 독자들과 공유하는 에세이로 성장한다. 에세이에 이런저런 감정과 관점을 늘어놓다 보면 불만도 보이고 화도 느껴진다. '나는 왜 이렇게 꼬였고 부정적이지? 내 이런 어두운 모습을 보면 사람들이 싫어하지 않을까?' 숨겨 왔던 그늘을 드러내도 좋다. 고전 중 상당수의 이야기는 '그늘 생활자'들의 수기다. 인간의 내밀한 우울감을 섬세하게 그려낸 작품들이다. 도스토옙스키의 소설 『지하에서 쓴 수기』(창비, 2012)는 그늘형 수기의 대표작 중 하나다. 너무 어둡다는 평도 있지만, 인간의 심리를 천재적으로 탐구했다는 호평도 잇따르는 작품이다. 국내 에세이 중 10년 넘게 에세이 왕좌의 자리를 지키고 있는 이석원의 『보통의 존재』(달, 2009)도 작가만의 그늘을 개성 있게 그려 낸 작품이다. 이 책의 독자들은 내 이야기처럼 읽힌다며 밑줄을 그었다. '나'라는 방에서 나오면 의외로 많은 이들이 나와 닮아 있다는 사실을 깨닫게 된다. 나무만이 아니라 숲을 보는 체험으로 가기 위한 서평 쓰기는 나에 대한 기록에서부터 출발한다.

서평을 잘 쓰고 싶다면 매일 소소하게 기록하는 기록생활자가 되어 보자. 그 작은 표현들이 어떻게 쌓이고 성장하는지 바라볼 수 있다. 글쓰기란 나를 재발견하는 시간이며, 나를 재구성하는 일이다.

04

논리적으로 설득력 있게
써야 한다는 강박

"나는 해피엔딩을 좋아하기에 기분 좋게 책장을 덮었다"라는 문장에서 독자가 얻는 정보는 두 가지다. ① 이 이야기는 해피엔딩이다. ② 글쓴이가 해피엔딩을 좋아한다. 그런데 만약 같은 책을 읽고 새드엔딩으로 느낀 이라면 의문스러울 것이다. 이 소설이 해피엔딩이라고? 내가 잘못 읽은 건가? 물론 정답은 없다. 누군가는 해피엔딩, 누군가는 새드엔딩으로 읽을 수 있다. 왜 그렇게 읽었는지 설명만 보태지면 의문은 해소된다. 그 설명을 하는 일이 어렵고, 귀찮고, 서투르기에 일기형 감상에 머물 뿐이다.

"1인칭 관찰자 시점 소설 특유의 열린 결말로, 독자에 따라 해피엔딩 또는 새드엔딩으로 볼 수 있다"라는 문장이라면 독자가 얻는 정보는 세 가지로 늘어난다. ①1인칭 관찰자 시점의 소설이다. ②열린 결말이다. ③보기에 따라 해피엔딩이나 새드엔딩으로 나뉠 수 있다. 근거가 분명하기에 논리와 설득이 읽힌다. 한쪽에 치우치지 않고 객관적으로 읽었다는 느낌을 준다. 단, 얻지 못하는 정보도 있다. 글쓴이가 어떤 엔딩으로 보는가는 알 수 없다. 해피엔딩으로 본 사람, 새드엔딩으로 본 이 누구든 공감할 수 있도록 쓴다. 균형 잡힌 서평의 문장이다. 이러한 표현을 자주 눈에 익히고 엇비슷하게 쓰다 보면 나만의 서평 문장이 만들어진다. 그 재미를 맛보면 일기체로 돌아가기 어렵다. 내 감정만 일방적으로 쓴 글처럼 느껴질 수 있기 때문이다.

일기체가 일방이라면 서평체는 쌍방이다. 일기는 쓰는 이도 읽는 이도 '나'지만, 서평의 독자는 불특정 다수다. 책을 읽지 않은 이도 한눈에 알 수 있도록 쓰기 위해 정리한 글이 바로 서평이다. 나는 이렇게 읽었다고 외치면 그만이 아니라, 그 이유와 근거를 설명해야 하기에 논리를 쌓고 부족한 설득력도 높여야 한다. 논리적이고 설득적인 글쓰기에 서투르다면 더욱 연습해야 할 글쓰기다. 앞서 들었던 예시는 논리가 무엇인지 보여 준다. 논리란 근거를 딛고 선 안내판이라고 볼 수 있다. 좌측, 우측 표시만 있는 안내판은 없다. 좌측으로 가면 무엇이 있고 우측으로 가면 무엇이 있는지 써 있기에 안내판이다. 서평도 마찬가지다. 이 책은 어떤 분야이고, 누가 썼으며, 어떤 특징이 있고, 어떤 내용인지, 어떤 점에서 읽을 만한지 또는 아쉬운지를 안내해 주는 글이다. 그 정보값들을 넣다 보면 자연스럽게 논리라는 안내판이 완성된다. 이유나 근거가 명료해진다. 재미있게 봤든 지루하게 봤든, 누구나 공감하며 읽을 수 있도록 구체적으로 서술하기에 설득력이 느껴진다. 서평의 논리와 설득은 두 가지 단추, 즉 ◦근거 ◦이유에 있다고 보면 된다.

논리적으로 써야 한다는 부담을 '야심'으로 바꿔 보는 것은 어떨까. 논리의 달인이 되겠다는 커다란 포부를 갖기보다는, 논리가 읽히는 서평을 쓰겠다는 귀여운 욕심 정도에서 시작해 보자. 다른 사람에게 잘 보이겠다는 욕심을 버리면 설령 허술한 초고를 작성하더라도 마음 편할 수 있다. 초고부터 논리를 갖춰 쓸 수 있다면 좋겠지만, 고치면서 조금씩 논리가 갖춰지는 모양새라면 문제 없다. 초고보다는 퇴고에 기대어 논리를 배어들게 다듬어 보는 것이다. 근거와 이유를 내 감상이 아니라 아래의 세 지점에서 찾는다면 논리를 보강하기 수월하다.

하나, 나보다 '독자'에서 논리를 찾는다.

둘, 나보다 '책 본문'에서 논리를 찾는다.

셋, 나보다 '책에 관한 정보'에서 논리를 찾는다.

즉 독자 ↔ 본문 ↔ 정보 세 지점을 오가며 논리를 보충해 가는 '여행'이 바로 서평 쓰기다. 여기서 이런 의문이 불쑥 튀어나올 수 있다. 그러면 나, 나는 버리나요? 내 생각은 근거나 이유가 될 수 없나요? 마치 단호한 선생님의 가르침을 들은 학생처럼 따져 묻고 싶어질 것이다. 그럴 땐 다시 첫 번째 지점, '독자'를 들여다보면 해법을 찾을 수 있다. 독자는 바로 '나'의 다른 표현이다. 서평을 잘 쓰는 사람은 나와 독자를 밀착시키기도 하고 떼어 놓기도 한다. 한마디로 나와 독자 사이의 '밀당'이다. 붙였다 떼었다, 떼었다 붙였다를 반복한다. 무슨 말일까?

예1) "한국의 젊은 작가들을 즐겨 읽은 독자라면~"(나와 독자를 붙이기)
예2) "한국의 젊은 작가들의 소설을 처음 읽은 독자라면~"
(나와 독자를 떼어 놓기)

두 독자를 왔다 갔다 하며 밀당을 시도하면 읽는 이는 마치 시소를 타듯 재미있게 서평을 읽을 수 있다. 어느 한쪽에도 치우치지 않고 여러 독자의 입장을 두루두루 둘러보는 폭넓고도 균형 잡힌 필자의 관점에 수긍하게 된다. 논리를 파고들다 보면 철학, 기호학, 언어학과 같은 어려운 학문에까지 닿을 수 있게 되는데, 설령 그 문까지 가지 않더라도 충분히 논리를 즐길 수 있다. 독후감에 머물렀던 내 글이 어떻게 균형 잡힌 서평이 되는지 경험해 보자.

독자 다음 활용할 '책 본문'도 내 논리의 비밀병기다. 본문의 일부분, 즉 밑줄 쳐 두었거나 발췌해 두었던 텍스트에 양념을 하여 근거로 활용한다. 마음에 드는 구절을 옮겨 적기만 했다면, 그 구절을 서평의 근거로 써 본다. 내 서평에 넣을 근거를 미리 표시해 두자. 방법은 다양하다.

- 인덱스나 포스트잇 붙이기
- 밑줄 긋기
- 접어 두기
- 사진 찍기
- 옮겨 적기

책에 아무런 표시를 하지 않고 읽어 왔던 사람이라면 조금 귀찮고 낯설 수 있다. 그럴 땐 요리 전 재료를 다듬는다는 생각으로 해 보자. 이 표시들은 요리의 원재료로 쓰인다. 글을 쓰다 막힐 때, 알맹이가 부족하게 느껴질 때, 밋밋해 보일 때, 논리가 약하게 읽힐 때 그 즉시 가져다 볶거나 찌거나 삶아 서평이라는 멋진 요리를 만들어 본다.

마지막 지점은 '책에 관한 정보'로, 이는 '교양'이라는 장바구니에 차곡차곡 넣어 두면 좋을 정보들이다. 작가 조지 오웰도 산문 『나는 왜 쓰는가』(한겨레출판, 2010)에서 말하지 않았던가. 글을 쓰려는 이유 중하나는 '순전한 이기심'이라고. 무슨 뜻인고 하니, 똑똑해 보이고 싶고, 사람들의 이야깃거리가 되고 싶고, 사후에 기억되고 싶고, 어린 시절 자신을 푸대접한 어른들에게 앙갚음 하고 싶은 욕구라는 말이다. 피식 웃음이 나면서도 공감 가는 사유가 아닐 수 없다. 서평을 쓰려는 욕구도 여기서 크게 벗어나지 않는다(나는 아니라고 주장하고 싶지만 어쩔 수 없다). 그러니 마음껏 똑똑한 척 해 보자. 서평은 내가 똑똑해질 절호의 기회다. 책에 관한 정보를 부지런히 수집해 두고 채워 넣으면 내 설명과 주장을 뒷받침하는 근거가 된다. 내가 쓰려는 글이 영화라면 순식간에 지나가 버리는 장면들을 기억에 의존해 설명할 수밖에 없어 고역을 치르게 된다. 다행히 책은 정지된 사물이다. 어떤 페이지의 어떤 부분인지 찾아보기 쉽다. 그럼에도 서평 쓰기가 어려워 머리를 쥐어뜯고 싶어질 땐 영화 평이나 무용 평을 쓰는 비평가를 떠올려 보자. 내가 아는 한 무용 비평가는 한 공연을 다섯 번이나 반복적으로 보며 수십 페이지의 초고를 썼다. "같은 작품의 같은 장면에서 무용수가 매번 다른 동작을 하는 거 아세요?" 그녀와 대화하다 문득 이번 생에 무용 비평은 어렵지 않을까 생각했다. 서평을 쓰다 보면 자연스레 다양한 문화예술 평으로 그 영역이 확장되니 서평으로 기본기를 다진 후 다른 분야의 비평에 도전해 봐도 좋겠다. 참, 보다 자세한 인용 활용법은 좀 더 뒤에서 본격적으로 소개할 예정이니 이 정도의 맛보기로 마무리한다.

0⁵
객관적으로 써야 한다는 부담

서평이라니, 그럼 제 생각을 못 쓰는 거죠? 객관적인 서평을 써야 한다는 부담 때문인지 이런 질문을 자주 받는다. 물론 나는 "아니오"라고 답한다. 결국 나로부터 출발하는 평이므로, 언제나 내 생각이다. 요약부터 소개, 인용, 추천까지 서평의 모든 요소엔 내 생각이, 보다 정확히 말해 나의 '관점'이 반영된다. 같은 책을 읽어도 사람마다 다르게 요약하고 소개하고 평가하는 이유다. 물론 서평을 쓴다면 나만이 아니라 '제3자'의 입장에서 보는 객관성을 확실하게 살려야 한다. 여기서 제3자는 크게 넷으로 나눌 수 있다.

- 내가 소개하는 책을 전혀 모르는 제3자
- 내가 소개하는 책을 들어 봤지만 읽지 못한 제3자
- 내가 소개하는 책을 재미있게 읽은 제3자
- 내가 소개하는 책을 재미없게 읽은 제3자

'재미'의 성격 또한 다양하게 나눌 수 있다. 각자가 느끼는 재미란 복잡다단하기 때문이다. 나만 읽고 쓰는 주관적 글쓰기, 일기나 에세이 단상만 써 왔다면 부담이 밀려올 것이다. 시야를 360도로 넓혀야 하니 막막할 수 있다. 전지적 작가 시점으로 쓰는 소설가의 입장이라도 되어야 하나 고민이다.

그러나 이런 고민 중이라면 서평의 문장이 필요하다. 서평은 자신의 혼잣말을 제3자와 나누는 글이니 이 틀을 빌려 객관적 표현법을 익히는 것이다. 모든 객관은 주관을 바탕으로 완성된다. 주관 없는 객관은 없다. 나를 벗어난 객관 또한 없다. 나 또한 무수한 독자 중 한 명이니, 나의 관점을 근거와 설명으로 풀어 쓰면 객관적인 느낌을 살릴 수 있다. 분명 독후감이나 에세이와는 다른 글쓰기다. 책을 보는 관점부터 쓰는 자리까지 다를 수밖에 없다.

독후감	서평
내게 어떤 책이었는가를 생각한다.	나와 비슷하거나 다른 관점의 독자에게 어떤 책이었는가를 생각한다.
내게 어떤 책이었다고 쓴다.	나와 비슷하거나 다른 관점의 독자에게 어떤 책이었는가를 쓴다.

독후감과 서평의 차이는 이처럼 명료하다. '나와 같은 독자'에 대해 생각하고 표현하는 글쓰기이기 때문에 서평은 나를 '독자'로 바라보기 시작하는 시작점이라 할 수 있다. 나와 닮은 독자를 상상해 보는 재미를 느낄 것이다. 나처럼 일본 에세이를 좋아하는 독자, 나처럼 요리 책을 좋아하는 독자, 나처럼 한국 소설을 좋아하는 독자라는 가정에 익숙해지다 보면 서평 쓰기의 특별한 즐거움을 맛볼 수 있다. 내 생각, 내 감정에 빠져 쓰던 글쓰기와는 다른 개별성과 독립성이 느껴진다. 나를 나로부터 분리하는 작업이라 생각해도 좋다. 객관성이라는 문은 그리 멀리 있지 않다. 꽁꽁 닫혔던 나라는 문을 활짝 열어젖혀 제3자처럼

말하는 글쓰기가 바로 서평 쓰기다.

누군가는 제3자라는 전제부터 부담을 느낀다. 서평 쓰기를 아무리 연습한다 해도, 나는 나일 뿐 다른 사람의 생각을 상상할 수 없다는 벽에 부딪히면 글이 잘 풀리지 않는다. 아무리 생각해도 공감을 얻기 힘들 것 같다는 불안이 밀려오면 결국 독후감에 그쳤다는 생각에 글을 공개하기 싫어진다. 보다 쉽게 접근해 볼 필요가 있다. 바로 '제3자 놀이'로 책 모임을 해 보는 것이다. 내 생각 말고는 다른 사람의 입장을 전혀 알 수 없으니 일기체에서 맴돈다고 여겨질 때, 책 모임에 한두 번만 나가 보면 곧바로 제3자 관점을 획득할 수 있다. 어떤 책 모임이든 좋다. 초면인 사람들과 하는 책 모임일수록 더 좋다. 지인이나 가족과의 모임은 자칫, 사이가 틀어질 수도 있다. 가족이 둘러앉은 오붓한 책 모임을 기대했다 실망했다면서 이젠 남과 하는 토론만 하겠다는 사람도 있었다. (그럼에도 가족 책 모임을 하고 싶다면 최병일, 김예원 작가의 공저 『한지붕 북클럽』(북바이북, 2022)을 참고하면 좋다.)

초면 독서 모임이라니 어색하고 부끄럽지 않을

까. 한마디라도 제대로 할 수 있을까 하는 걱정은 잠시 내려놓아도 된다. 안전하게 모임을 이끌어 주는 진행자가 있다면 사람에 치우치지 않고 책 이야기를 주고받을 수 있다. 다른 이들의 이야기를 들으며 참여해도 나무라지 않으니 부담 없다. 무슨 말을 해야 할지 막막한 사람을 위해 토론 논제도 받으니 미리 모임의 방향을 알 수도 있다. 나는 이 책의 결말이 너무 식상해서 실망했는데, 오히려 이런 결말이 좋았다는 사람을 만나게 되면 그 상대방이 자연스레 제3자가 된다. 왜 좋았는지에 대한 '구구절절'까지 구체적으로 듣는다. 나와는 다른 입장이지만 "그렇게 볼 수도 있겠네"라는 공감의 느낌표가 만들어진다. 나와 엇비슷한 관점도 있지만 생각지도 못한 견해를 마주할 수 있기에 책 모임은 제3자와의 만남이다. '메타인지' 연습을 하는 시간과 같아 객관적 시각 훈련에 큰 도움이 된다. 메타인지란 내가 무엇을 알고 모르는지 알아차리는 사고작용이다. 혼자 책을 읽을 때는 알 수 없었던 새로운 관점을 획득하면서, 내가 무엇을 알고 모르는지 알게 되니 제3자의 역할이란 매우 중요하다. 상대방과의 대화를 통해서만 제3자적 관점을 가질 수 있기 때문이다. 객관적으로 써야 한다는 부담은 객관적으로 감상해야 한다는 부담과 같다. 자신의 주관을 토대로, 그 주관을 단단하게 딛고 다른 제3자의 관점까지 두루 아우르는 평을 쓴다면 어느 쪽에도 치우치지 않는 객관적인 서평을 완성할 수 있다. 책 모임은 객관적으로 사고하고, 사유하고, 비평하는 습관을 기르기 좋은 대화이므로 꼭 한 번은 참여해 보길 권한다.

책 모임의 논제와 서평이 어떻게 닮았는지 관찰하는 것도 객관적 시각 기르기에 도움이 된다. 책 모임을 깊고 넓게 돕는 질문인 논제는 진행자의 사견을 철저히 배제한다. 오히려 서평보다 더 까다롭게, 그야말로 조사 하나까지 배제시킨다. 책을 읽은 관점은 다양한데, 그 가능성을 진행자의 견해가 가로막아선 안 되기 때문이다. 예를 들어 진행자가 "저는 중간에 주인공이 사고를 겪는 장면이 좀 식상했는데 여러분은 어떠셨나요?"라고 한다면 어떨까. 저 말도 그저 하나의 입장이라 보고 넘길 수도 있지만, 진행자의 권위나 존재감을 크게 느끼는 사람은 자기검열을 시작할 것이다. '내가 책을 잘못 읽은 건가? 나는 식상하기는커녕 그 부분이 제일 재미있었는데. 내가 너무 수준 없이 좋다고만 하는 건가. 일단 내 생각은 말하지 말고 다른 사람들 말부터 들어 보자. 괜히 나서서 망신당하지 말고.' 이렇게 느껴 버린다면 독서 모임의 진행 자체가 어려워진다. 특히 어린이, 청소년 책 모임이라면 더 큰 영향을 줄 수 있으므로 진행자는 서평을 쓰듯 객관적인 입장에서 논제를 만들고 진행해야 한다.

어쩌면 혼자서 신문 기사나 사설을 읽는 것보다 진행자가 있는 책 모임에 가 보는 편이 더 도움이 될 수 있다. 생생히, 살살이 체험해 보는 것이다. 결국 한 권의 책은 수많은 의견 사이에 놓인 하나의 입장일 뿐이므로, 인문학자 강창래의 말처럼 "책은 한 권 한 권의 편견"이므로 서평이라면 어느 한쪽으로 치우치지 않는 객관적 견해를 보여야 한다는 사실에 공감하게 된다. 객관은 그리 멀리 있지 않다. 도서관이나 책방에서 열리는 작은 책 모임에서도 언제나 객관이라는 세계를 만날 수 있다.

2장

비평 잘 쓰는 방법

01
다른 사람의 시선을 의식할 필요 없다

나의 비평 공부를 요약하면 영화평론가 정성일 이전과 이후, 문학비평가 마르셀 라이히라니츠키 전후로 나뉜다. 이들을 알기 전 내게 비평이란 범접하기 어려운 영역, 닿을 수 없는 먼 산이었다. 그러다 비평을 쓰는 과정에 관심을 갖게 되니 다르게 보였다. 비평가들의 마음을 들여다보니 '사랑'이라는 감정이 읽혔다. 정성일과 마르셀 라이히라니츠키는 영화와 문학을 좋아하는 정도를 넘어 열병을 앓듯 사랑해야 평론가가 될 수 있음을 보여 준 비평의 스승들이다. 내가 두 사람에게 배운 것은 기술이 아닌 태도였다. 계속 보고, 다시 보기의 반복. 질문하고, 사유하고, 기록하여 비평을 완성하는 삶을 그들에게서 발견했다. 그들처럼 평생을 사랑할 수 있는 무언가가 있다면 스스로 행복할 수 있다는 사실 또한 배웠다. 내게 비평은 언제나 '사랑'이었다.

정성일 평론가는 평론집 『언젠가 세상은 영화가 될 것이다』(바다출판사, 2010)에서 "영화는 결코 수집의 대상"이 아니라고 서술했다. 그는 "그건 음악이나 소설과 마찬가지로 자기에게 이끌리는 것을 선택하고, 음미하고, 그 안에서 자기의 자아가 반영되어 가는 과정을 다시 되짚으면 되는 것"이라고 말한다. "영화에 관한 글이란 결국 자기의 기대의 지평에 관한 것"이기 때문이다. 자기 지평이란 말이 조금 어렵게 다가온다면 '자기 성장'이라고 읽어 보면 어떨까. 스스로에 대한 기대, 그 기대를 충족시킬 만큼 성장하는 관람과 글쓰기라고 이해하면 보다 쉽다.

스스로의 관심사를 사랑하고 돌보고 성장시키지 않고, 양적 관람만 즐긴다면 좋은 비평을 쓸 수 없다고 나는 읽었다. 정 평론가의 말처럼 '되짚기'의 과정은 필수적이며, 그 과정에서 질문하지 않는다면 성장도 없다. 비평은 무아지경의 상태가 되는 감정적 전이가 아니라 질문을 구체화할 수 있는 서술이다. 그러므로 비평은 모두에게 필요한 논증이며, 공부다. 질문 없는 공부는 가짜이며, 질문 없는 비평은 감정 일기로 흐른다. 무엇을 질문해야 할지 모르는 사람은 자신의 글이 일과의 기록이나 감정 호소로 가득 차 있다는 사실을 알기에 공개를 꺼린다. 15년간 매일 일기를 써온 이에게 그 이유를 물으니 이렇게 말했다. "누군가에게 읽히고 싶었는데, 막상 읽히려니 두려워요." 글쓰기란 보이고 싶은 욕구와 보이기 싫은 두려움을 오가는 흔들다리다. 그 울렁증을 능숙하게 오갈 때까지 누가 버티느냐의 싸움이다. 어느 순간 알게 된다. 내가 얼마나 흔들리며 이 다리를 건너고 있는지에 관심 있는 사람은 없다는 것을. 내 글에 관심을 쏟아붓고 있는 독자는 나뿐이라는 사실을. 그 순간에 이르러야 타인의 시선에서 해방된다. 표현도 분량도 늘어난다. '나'라는 족쇄에서 벗어나 편안하게 쓸 수 있다.

　'독일 문학의 교황'으로 불리는 마르셀 라이히라

니츠키는 "나는 독자에게 내가 훌륭하고 아름답다고 여기는 책들이 왜 훌륭하고 아름다운지를 설명하고자 했다"라고 고백했다. 그의 훌륭한 자서전 『나의 인생―어느 비평가의 유례없는 삶』(문학동네, 2014)에서 그는 "독자에게 그 책들을 읽히고 싶었다"면서 "나는 불평할 이유가 없다"라고 열정을 드러냈다. 내가 읽어서 좋았기에, 누군가에게 읽히고 싶은 마음. 그것으로부터 그의 비평이 시작되었다고 볼 수 있다. 서평을 쓰는 마음도 이와 다르지 않다. 굳이 서평까지 써야 할 이유가 무엇인가? 그것은 '읽히고 싶은 마음' 때문이다. "덕분에 좋은 책 읽었습니다." 독자의 이러한 반응에 힘을 얻는 사람이라면, 서평을 써 보면 어떨까. 다른 사람을 의식하는 대신 내 만족을 위한 서평 쓰기부터 시작하다 보면, 읽고 공감하는 이가 자연히 늘어난다. 즉 독자란 ∘나 ∘불특정 다수로 나뉘는데, 초보 비평가라면 '나'라는 독자부터 만족시켜야 한다. 내가 흥미롭지 않다면 꾸준히 쓰기 어려울 뿐 아니라, 읽히기도 싫어진다. 부족한 점만 보이게 되고 스스로를 평가하다 결국 글쓰기와 멀어진다. 물론, 비평의 양이 늘어 갈수록 불특정 다수의 독자에게 다가가야 한다. 내 비평의 주제, 내용, 방향, 입장(주장)이 잘 전달될지를 검토하고 수정하며 잘 읽히는 비평으로 나아간다. 그러니 비평을 시작하는 사람이라면 다른 이의 시선까지 의식하며 쓸 필요는 없다. 그 시선을 '소화'하는 기량이 자연스레 늘 테니 말이다.

02
나처럼 생각하는 사람은 무수히 많다

다음 중 서평을 가장 자신 있게 쓰는 그룹을 고르면?

○ 초등학생

○ 중고생

○ 성인

답은 '초등학생'이다. 물론, 초등 고학년 정도. 다양한 연령대의 그룹과 서평 쓰기를 해 봤는데, 초등학생들이 가장 자신 있게 썼다. 간단한 이론 강의를 듣고 나서 틀에 맞춰, 마치 어린이 비평가들처럼 '척척'

써냈다. "이 책은 이런 장점이 있지만 이런 단점도 있다"라며 눈빛을 반짝였다. 독후감보다 쉽다, 배운 대로 쓰면 되니 빨리 써진다는 아이들도 있었다. 늘 그렇지만 해 보면 해 볼 만한 일들이 꽤 있지 않은가. 아이들에게 서평 쓰기를 쉽게 알려 주니 쉽게 썼다. 단, 교사가 책을 지정하지 않고 아이들 본인이 서평을 쓰고 싶은 책으로 쓸 것. 서평 쓰는 습관이 어느 정도 쌓이고 나면 지정된 책으로도 쓸 수 있겠지만, 익숙해지기 전까지는 각자에게 책을 고를 선택권을 준다.

어린이 서평의 예

▲▲초등학교 4학년 김○○

주인공이 당당하게 어려움을 극복한다는 내용에 높은 별점을 준다. 해피엔딩을 좋아하는 사람이라면 더욱 높은 별점을 줄 것이다. 하지만 자신은 그렇게 못할 것 같다고 생각한다면 주인공이 마음에 안 들 수도 있다. 그러면 별점은 낮아질 수 있다. 이야기가 재미있는 소설을 좋아하는 초등학교 고학년에게 적극 추천한다.

과학을 좋아하는 어린이라면 재미있게 읽을 책이다. 과학을 좋아하지 않는 어린이라도 책에 나온 다양한 에피소드를 읽다 보면 재미를 느끼지 않을까. 과학은 따분하다고 생각하는 어른에게도 추천하고 싶다. 그렇지만 과학을 너무 좋아한다면 다 아는 내용이라는 생각이 들어 책을 대충 넘길지도 모르니 천천히 읽어 보면 좋겠다.

중고생도 성인보다는 쉽게 썼다. 느리게 쓰는 학생들이 있었을 뿐, 전원이 서평을 완성했다. 조지 오웰의 소설 「동물농장」(『동물농장.파리와 런던의 따라지 인생』(문학동네, 2010)을 각자 읽고 온 학생들은 이론 수업에 관심을 가졌다. 어떤 평이든 좋으니 자유롭게 비평할 것을 주문했더니 각자의 논리를 펼쳤다. 서평의 필수 요소, 예를 들면 요약과 소개와 같은 정보도 잘 채워 넣었다. 그리고 이 소설에 대한 평을 보탰다. 어린이보다는 평이한 평이 많았으나 촘촘한 의견을 보내왔다.

의견 제시를 가장 어려워하는 그룹은 역시 성인

이다. 학교에서 배운 대로 그야말로 '성실히' 요약하고, 논문 쓰듯 인용하고, 기사처럼 소개까지는 한다. 문제는 견해, 관점, 비평이다. 이 책의 어떤 점이 뛰어난지, 어떤 점이 아쉬운지 쓰기가 어렵다며 입장을 보류한다. 쓰다 보면 독후감이나 일기가 될 게 뻔하다며 서평 쓰기를 두려워한다.

- 제가 이런 분야의 책은 잘 안 읽어 봐서…
- 제가 비평가도 아닌데 뭐라고 써야 할지…
- 저만 이렇게 읽은 게 아닐까요?
- 뭐라고 평을 써야 할지 막막해서…

서평은 책을 소개하고 추천하는 글쓰기다. 소개나 정보는 찾아보면 고구마 줄기처럼 딸려 나오기 마련이지만, 책을 읽은 사람 고유의 평은 그 필자에게만 들을 수 있는 목소리다. 이 책을 왜 추천하는지, 어떤 점이 아쉬운지, 어떤 독자에게 권하는지 혹은 권하지 않는지까지 두루 살피다 보면 책과의 거리를 유지할 수 있을 뿐 아니라 '다른 독자들'이 보인다. 간단히 나와 비슷한 독자군, 나와 다른 독자군을 정리해 보면 평이 쉬워진다. 나만 이렇게 본 게 아니라는 깨달음으로부터 자신감이 생긴다. 더 나아가 비슷한 독자군 중에서도 어떤 미묘한 감상의 차이가 발생하는지까지 관찰할 수 있게 된다.

① 책에 만족도가 높은 경우

  (1) 나와 비슷한 독자:

   나처럼 재미있게 읽은 독자

   나처럼 감동적으로 읽은 독자

   나처럼 유익하게 읽은 독자

   나처럼 새롭게 읽은 독자

   나처럼 충격적으로 읽은 독자

   나처럼 누군가에게 이 책을 추천하고 싶은 독자

   ……

  (2) 나와 다른 독자:

   나와 달리 재미없게 읽은 독자

나와 달리 지루하게 읽은 독자

나와 달리 식상하게 읽은 독자

나와 달리 불편하게 읽은 독자

나와 달리 누군가에게 이 책을 추천하고 싶지 않은

독자

......

② 책에 만족도가 떨어지는 경우

(1) 나와 비슷한 독자:

나처럼 재미없게 읽은 독자

나처럼 지루하게 읽은 독자

나처럼 식상하게 읽은 독자

나처럼 불편하게 읽은 독자

나처럼 누군가에게 이 책을 추천하고 싶지 않은

독자

......

⑵ 나와 다른 독자:

　나와 달리 재미있게 읽은 독자

　나와 달리 감동적으로 읽은 독자

　나와 달리 유익하게 읽은 독자

　나와 달리 새롭게 읽은 독자

　나와 달리 충격적으로 읽은 독자

　나와 달리 누군가에게 이 책을 추천하고 싶은 독자

　……

　이외에도 다양한 관점이 있지만 서평을 처음 쓴다면, 평 쓰기가 막막하다면 대략 이런 로드맵을 떠올려도 좋다. 요약만 하고 평은 미루고 싶을 때도, 이런저런 독자의 관점을 연상하기 막막할 때에 물꼬를 틔워 줄 것이다. 이를 활용하여 쓸 수 있는 서평의 예시 문장은 다음과 같다.

　저자가 취재 현장에서 만난 다양한 사람들의 일화에 흥미를 느낀 독자라면 책장이 술술 넘어갈 것이다. 그러나 여러 일화들이 지루하게 느껴진다면 더디게

읽힐 책이다. 일화가 책 전체 분량의 절반 이상을
차지하기 때문이다.

글쓰기에 정답이 있을 리 없고, 서평도 다르지 않
다. 중요한 점은 책을 읽지 않은 이도 쉽게 이해할 수
있도록 일목요연하게 정리하는 것이다. 서평을 보고
책을 읽을 것인지 말 것인지는 결국 독자의 몫, 서평
자가 책임질 일은 아니다. 서평은 책을 간략하게 소개
하고, 필자의 관점대로 추천할 만한 이유를 보태면 마
무리된다. 다른 사람이 내 글을 어떻게 볼까 상념에
휩싸이다 보면 비대해진 자아에 짓눌려 결국 글쓰기
가 두려워진다. 초등학생이 된 듯 자유롭게 비평해 보
자. 비평은 즐거운 표현이며, 꽤 깔끔한 생각 정리의
방식이다.

0^3
비평가처럼 쓸 필요는 없다

비평을 잘 쓰려면, 비평을 성실히 읽어야 한다. 글을 잘 쓰려면 책을 읽어야 한다는 자명한 진리다. 물론, 예외를 본 적도 있지만. 어느 소설 쓰기 창작 수업이었다. 소설 읽기를 좋아하다 이제는 소설을 직접 쓰고 싶어져 찾아간 그곳에서 '책은 거의 읽지 않았다'는 사람들을 만났다. 그럼에도 거침없이 이야기를 써 내려가는 그들을 보며 위축되고 말았다. 오히려 소설에 대한 눈만 한껏 높아진 나는 진전이 없어 머리털을 쥐어뜯고 있었다. 물론 이런 일은 예외적이다. 대부분의 작가는 다른 작가들의 작품을 탐독하고 흠모한다. 다

른 작품을 딛고 창작한다. 오랫동안 작가로 살아가려
면 읽고 공부하는 '입력'은 필수다.

쓰는 분야마다 해야 할 공부도 다르다. 책에 대한
평, 비평을 잘 쓰려면 비평에 눈을 떠야 한다. 취미로
쓴 일기체와는 다른 '투'를 익히려면 말이다. 비평이
라고 하면 지레 재미없고 어려울 것 같지만 읽을 수밖
에 없다. 비평이라는 글이 도대체 어떻게 생겼는지 구
경부터 하는 것이다. 서평집은 물론이고 다른 분야의
비평을 곁들여 봐도 좋다. 방송, 영화, 건축, 음악 등
여러 분야를 둘러보면 의외로 다양한 글이 있다. 비평
에는 정답이 없음을, 결국 저마다의 태도와 문체로 쓴
다는 사실을 알게 된다. 일기부터 산문, 기사, 칼럼, 감
상기, 리뷰, 평론을 오가는 비평의 오색을 맛보면 '비
평가처럼'이라는 숙제에서 해방된다. 오히려 비평가
처럼 쓰려다 보면 독자를 잃기 쉽다. 한껏 흉내 낸 듯
보이지만 정작 하려는 말은 전달이 잘 되지 않을 수
있다. 그보단, 내가 하려는 말부터 찾아야 한다. 그 말
을 구체화시키기 위해 공부해야 한다. 공부의 과정에
서 근거와 이유가 보인다. 다시, 비평을 읽어야 하는

이유다.

비평을 꾸준히, 다양하게 읽다 보면 얻는 수확도 있다. 차츰 '안 읽히는 비평의 특징'을 감지하게 된다. 서평을 처음 쓰는 사람에겐 이 글들이 기준이 되고 안전망으로 활용될 수 있다.

안 읽히는 비평의 특징

- 어렵고 복잡한 인용과 해석은 비평을 어렵게 만든다.
- 장황한 설명은 비평을 지루하게 만든다.
- 필자의 감정 토로는 비평을 느슨하게 만든다.
- 겹문 습관은 전달력을 떨어트린다.

니체, 마르크스, 들뢰즈, 라캉… 이름만으로도 어렵게 느껴지는 사상가들이다. 단 한 줄만으로도 비평을 어렵게 만드는 학자와 이론과 책들이 무수하다. 이에 관한 인용이 반드시 필요한가 생각해 보자. 세 번은 두 번으로, 두 번은 한 번으로, 한 번은 아예 삭제로 줄여 본다. 줄이거나 없애도 의미 전달이 잘 된다면 굳이 쓸 필요 없다. 어려운 인용과 해석은 비평을 어렵게 만든다. 필수적이진 않으나 단지 멋져 보인다는 이유로 쓰고 싶은 욕구부터 눌러야, 잘 읽히는 비평을 쓸 수 있다.

예[1] 이 소설은 니체의 영원회귀 이론을 충실히 따른 것으로 보인다. (X)

예[2] 이 소설은 인간에 대한 치열한 탐구를 보여 준다. 굳이 니체의 영원회귀 이론을 떠올리지 않아도 주인공 윤희의 심리를 읽을 수 있다. (O)

장황한 설명이 어떻게 비평을 지루하게 만드는지도 살펴본다. 나는 이렇게 봤기에 설명을 해야겠다는 마음이 들면 장황해지는 줄도 모르고 장황해지기 일쑤다. 혹시 이해를 하지 못할까 봐 설명을 덧붙이다 보면 엇비슷한 내용이 줄지어 이어진다. 설명은 반드시 필요한 요소지만, 장황해지지 않도록 정리해서 써야 한다. 비평에 모든 설명을 넣을 필요는 없다. 필자의 비평을 완전히 이해하려면, 비평된 작품을 읽어야 한다. 아니, 그 작품을 읽고도 비평을 이해할 수 없을지도 모른다. 그러니 설명이 장황해지지 않도록 주의한다.

그런가 하면 필자의 토로는 비평을 느슨하게 만든다. 어느 블로그에 이런 글이 올라왔다. "내가 왜 이 작품을 보았는지 후회가 밀려왔다. 지루하기 짝이 없고, 이야기는 앞뒤가 맞지 않으며, 무엇을 말하려는지 도대체 알 수 없는 뜬금없는 엔딩은 나를 구렁텅이에 몰아넣었으니 누구에게도 추천하고 싶지 않은 작품이다." 누가 봐도 작품이 아니라 '화'만 읽힌다. 작품에 대한 평이 아니라 자신의 감정에 대한 말이다. 감정이 정리되지 않은 채 떠오르는 대로 쓰다 보면 요지가 느슨해지고, 비평이 갈 길을 잃어 모호한 글이 되고 만다.

인용과 해석이 복잡해지지 않는지 또한 살펴봐야 한다. 비평이라는 말만 들어도 긴장하는 독자들이 있으니, 가능하면 복잡하지 않게 단순하게 풀어 쓰면 좋다. 좋은 비평은 대체로 간단명료하게 하려는 말을 전달한다. 이는 결국 비평하는 작품을 보고 싶게 만드는

지름길로 이어진다.

예1) 이 이야기는 어린 시절의 상처와 결핍을 말하면서도 스스로의 자리를 어떻게 들여다보고 지켜왔는지를 살펴 자신이 아닌 다른 이의 뜻대로 살지 않게 한다. (X)
예2) 어린 시절의 상처와 결핍을 말하는 이야기로, 다른 이의 뜻이 아닌 스스로의 자리를 살피도록 돕는다. (O)

두 번째 예가 덜 복잡하게 읽혔다면 다행이다. 이런 습관은 '겹문'을 피해 가독성을 높인다. 겹문이란 단문과 달리 문장 속에 또 다른 문장이 들어 있는 것으로, 복문이라고도 한다. 단문은 홀문장, 겹문은 복문장이다. 단문이 아닌 겹문을 쓰다 보면 한 문장에 여러 의미를 더하고 더해 결국 가독성을 떨어뜨린다. 정희모 교수가 『문장의 비결』(들녘, 2023)에서 말하듯, 한 문장 안에 절이 들어가게 되면 문장은 복잡해진다. 주어와 서술어 사이에 또 다른 '주어와 서술어'가 오기 때문이다. 이런 샌드위치 문장, 겹문이 되지 않도록 단문 쓰기를 연습하자. 짧고 복잡하지 않게 써야 전달력이 좋아진다. 물론, 다소 긴 문장도 간결하게 쓸 자신이 있다면 단문에 집착할 필요는 없다.

예[1] 이 작품의 특이한 점이라면 여성작가가 여성성에 대해 침묵하고 하고 있다는 점으로, 작가의 첫 독자라면 주제를 읽기 힘들 수 있다. (X)

예[2] 여성성에 대해 침묵하고 있다는 것이 이 작가의 특이한 점이다. 작가의 첫 독자라면 주제를 읽기 힘들 수 있다. (O)

어찌 보면 '안 읽히는 비평의 특징' 모두 비평을 잘 쓰고 싶은 욕구, 잘 보이고 싶은 욕심의 증거일 수 있다. '이런 것들을 다 고려해 가며 쓰라니, 쓰지 말라는 건가요?', '그렇게 쓰면 무미건조한 기사가 되지 않나요?' 묻고 싶을 수 있다. 그럴 땐 다시 한번 아래 표를 보며 분야별로 글을 구분해 보자. 책에 대한 평, 책에 대한 비평인 서평의 주소를 확인할 수 있다. 어쩌면 '안 읽히는 비평의 특징'들을 모두 비껴 간 비평을 본 적이 있을 것이고, 자신의 무지를 확인하고 비평과 멀어져 버렸을지도 모른다. 글쓰기엔 정답이 없지만, 최소한 피해 가야 하는 안내판은 있는 법이다. 서평을 처음 쓴다면 비평의 주소를 잊지 말자.

분야	개념과 특징	참고
감상기	작품을 감상한 기록. 감상한 느낌에 평가도 넣는다.	일기와 같은 감상기부터 쓰다 보면 평가도 쓸 수 있다.
리뷰	작품에 대한 짧은 소개와 평가글. 주요 내용과 줄거리를 요약하고 특징을 소개한다.	일상 리뷰부터 작성해 본다.
서평	책의 내용과 특징을 소개하거나 책의 가치를 평가한 글. 책 정보와 평가를 함께 담는다.	서평을 쓰기 위해서는 비평에 대한 이해가 필요하다.
기사/칼럼	신문이나 잡지에 싣는 사실을 알리는 글. 기자의 견해를 넣지 않는다. 시사나 사회나 사회 풍속에 대한 짧은 평이 칼럼이다.	신문의 기사와 칼럼 형태가 어떻게 다른지 비교해 본다.
비평	사물의 아름다움과 선함, 선악, 장단을 들추어내 그 가치를 판단하고 평하는 글이다.	비평 쓰기를 연습하여 서평에 적용하면 다양한 면을 서술할 수 있다.

04
비평과 근거는 한 몸이다

서평에서 '비평'은 글쓴이의 가장 중요한 입장이다. 좋으면 어떤 점이 좋았는지, 실망스러우면 어떤 점이 실망스러웠는지 말해야 하는 시점이다. 얼렁뚱땅, 모호하게 써 버리면 입장이 드러나지 않는다. 비평은 또렷해야 한다. 근거가 필요한 또렷한 목소리다. 근거 없는 감정 일기로 흐르면 비평이라 부르기 어렵다.

같은 책을 읽어도 다르게 볼 수 있으며, 어떤 점을 왜, 어떻게 다르게 보았는지를 말하는 것이 비평이다. 대부분은 그 설명이 어렵고 버거워 "재미있었다", "감동적이다", "잘 읽힌다", "문장이 좋다"는 말만 반복한다. 쓰다 보면 "이상하게 나는 이 책이 잘 읽히지 않았다"라고 썼다면, 결국 마지막 문장까지 그 '이상하게'를 설명하지 못한다. 글쓴이의 사정을 알 수 없는 독자는 '정말 이상한 글이구나'라고 생각할 수밖에 없다. 언제나 설명은 어렵고, 호소는 쉽다. 설명은 까다롭고, 호소는 편리하게 느껴진다. 앞뒤 상황, 근거, 이유를 밝히지 않아도 '나는 이랬다'로 시작하고 끝나도 되는 일기는 설명하는 글쓰기보다 힘이 덜 들어간다. 고민을 덜해도 되므로 뇌의 힘도 빠진다.

무엇이 좋다, 좋지 않다, 만족한다, 만족스럽지 않다, 재미있다, 지루하다, 유익하다, 식상하다… 일상의 수많은 느낌표 모두 비평이다. 흔히 보이는 '내돈내산' 콘텐츠 또한 비평이다. 내 돈을 주고 직접 산 제품, 직접 가 본 맛집과 숙소라며 추천하는 언어 또한 비평이다. 주의를 기울이면 이러한 리뷰를 구성하고 있는 구체적인 근거들이 보인다. 일주일, 한달 체험기라는 썸네일을 클릭할 때 시청자가 기대하는 것은 사용자의 생생하고 구체적인 근거다. 그 근거가 신뢰를 얻는다면 성공적인 비평인 것이다.

'근거'를 쓰라고 하면 왠지 따지는 기분이 들고, 불편하거나 피하고 싶을 수 있다. 많은 사람들에게 근거란 논쟁 혹은 싸움의 재료처럼 여겨지는 듯하다. 학교에서 만난 학생들은 "내 근거로 다른 사람을 공격하고 허점을 찾아야 할 것 같다"고 말했다. 초등 교과 과정 중의 토론 대회나 논술문 쓰기에서 빈틈 없이 완벽할 것을 요구받았다는 것이다. 우리에겐 근거를 설명하는 '즐거움'을 누릴 시간이 부족했다. 아니, 거의 없었다고 봐도 과언은 아니다. 서평 쓰기를 어려워하는 이유 중 한 가지 또한 근거에 대한 부담 때문일 수 있다. 근거를 완벽하게 채워 넣어야 한다는 생각이 앞서다 보니, 떠오르던 생각도 가로막힌다. 시작부터 눈앞이 캄캄하다. 그럴 땐 근거의 다른 말로 '설명'을 떠올려 보자. 자신의 입장, 처지, 성격, 상황, 취향을 설명하는 표현법이라고 생각하자. 각자 다른 근거를 갖고 있을 수밖에 없으니, 그 근거를 모으면 역시 다양한 풍경이 되는 것이다. 이를 영화 감상에 적용해 봐도 재미있다.

곧 천만 관객을 향해 달려간다는 어떤 한국 영화

를 본 A는 너무 재미있어서 혼자 세 번이나 더 봤다. 누구도 "뭐가 그리 재미있었어? 네 번이나 본 이유가 뭐야?"라고 묻지는 않았지만, 그 이유를 설명하고 싶어졌다. 자신만의 근거를 찾아보고 싶었던 것이다. 세 번째 관람부터 재미있는 근거, 이유를 메모해 보니 생각이 정리되기 시작했다. 급기야 당장 영화 비평을 쓰고 싶어졌다.

○ 잘 짜인 시나리오(이야기)
○ 절제된 음악
○ 배우들의 실감 나는 연기
○ 시대를 보여 주는 미술과 CG
○ 긴장감을 증폭시키는 연출

한편 영화를 재미없게 본 B는 A의 친구로, 자신과 달리 영화를 좋아하는 A의 추천을 믿고 극장에 갔다가 실망한 채로 돌아왔다. 기대만큼 재미가 없었던 것이다. 저마다 다른 관점으로 볼 수밖에 없기 마련이니 A에게 왜 이런 영화를 추천했냐고 묻진 않았으나, A가

영화 어땠냐고 물을까 봐 재미없었던 이유를 고심했다. 덕분에 자신의 취향을 더 알게 되었다.

> ◦ 후반으로 갈수록 시시해지는 시나리오(이야기)
> ◦ 밋밋한 음악의 배치
> ◦ 한눈에 티 나는 CG
> ◦ 전달하고자 하는 메시지가 너무 많은 연출

이 경우를 책으로 바꿔 보자. 책을 좋아하는 B는 영화만 보는 A가 책도 좀 읽었으면 좋겠다는 생각에 최근 재미있게 본 실용서를 선물하고 꼭 읽어 보라고 했지만 아무런 반응이 돌아오지 않아 궁금했다. 다음은 B가 A를 위해 이 책의 재미를 일목요연하게 짚어 주고자 만든 근거표이다.

> ◦ 18세기 프랑스 파리에 대한 생생한 묘사
> ◦ 밑줄 긋게 만드는 작가의 명문장
> ◦ 구체적인 예시와 설명
> ◦ 270쪽이라는 부담 없는 분량

한편 책을 선물받은 A는 B가 책 선물한 일을 잊었
으면 좋겠다는 생각을 하는 중이다. 재미도 전혀 없을
뿐 아니라 B가 어떤 점에서 감동을 받고 추천했는지
도무지 짐작이 가지 않는다. 사실 절반도 채 읽지 않
았다. 이런 빤한 책을 읽으니 차라리 영화를 몇 번 더
보러 가는 편이 낫지 않을까. 그렇지만 친구가 물어볼
걸 대비해 재미없는 이유들을 정리해 두려고 한다.

◦ 18세기 프랑스 파리에 대한 지루한 묘사
◦ 내가 싫어하는 만연체 문장
◦ 내가 잘 알지 못하는 등장인물과 배경
◦ 며칠을 읽어도 줄지 않는 270페이지라는 분량
◦ 보기만 해도 졸린 표지

저마다 느끼는 재미의 성격이 다르므로 서로의
재미를 주고받고 공유하는 그 자체로 글쓰기를 위한
확장이 되어 줄 수 있다. 그저 '나는 재미있었다', '감상

은 사람마다 다르다', '직접 읽어라', '나는 좋았는데 너는 모르겠다'처럼 무책임한 듯한 마무리로 끝나지 않는 서평에 다가설 수 있도록, 근거를 갖춘 대화를 나누는 연습을 하는 것도 좋겠다. 비평은 언제나 근거와 한 몸임을 잊지 말고 근거 발굴에 나서 보자. 의외로 내 취향 그 자체가 근거임을 알게 된다.

한 권의 책이란 하나의 주제 혹은 하나의 이야기다. 시작-과정-결론, 기-승-전-결로 모아지는 하나의 목소리다. 책을 읽다 보면 자연스레 나도 말하고 싶어진다. 다양한 책을 읽을수록 다양한 언어가 쌓이고, 표현의 욕구도 자란다. 만약 책을 다 읽었는데도 책이 무슨 말을 하는지 모르겠다면, 할 말이 전혀 없다면 그것이 과연 잘된 독서인지 의심해 봐야 하지 않을까?

05
비평 실력을 기르기 위한 책 읽기 공부

비평하는 힘을 키우려면 어떤 공부를 해야 할까. 또 비평하는 힘이란 무슨 힘을 말하는 걸까. 여기까지 읽었는데도 감이 잡히지 않는다면 다음 쪽에 나오는 표를 참고하면 좋다. 물론, 서평에 한해서다.

좋아서 서평을 쓰는 책이라면 부담을 조금 내려놓아도 좋다. 작가의 권위보다 작가의 목소리, 작가의 개성, 작가의 마음을 읽어 본다. 마치 친구와 대화하듯 작가의 이야기를 듣고 질문하고 싶거나 선뜻 공감이 안 되는 부분도 말해 본다. 작가가 바로 앞에 있다는 느낌으로 글쓰기를 해 보는 것이다. 책 내용을 이

자유 서평의 비평하는 힘
: 내가 좋아서 읽고 쓰는 취미형 서평

항목	설명	특징
책을 고르는 힘	서평을 쓰고 싶은 책을 스스로 고른다. 할 말이 있는 책일수록 서평이 잘 써진다.	내가 좋아하는 작가, 분야의 책이거나 필요한 책, 관심 있는 책을 고른다.
책을 읽어 내는 힘	작가가 하려는 말을 내 관점에서 재미있고 풍성하게 읽어 낸다.	작가와 수다를 나누는 주고-받기 읽기를 하며 쓸 거리를 모은다.
책을 객관적으로 비평하는 힘	내게 좋은 책이라도 객관적인 거리에서 바라본다.	좋아하는 책일수록 빠져 나와 거리를 두고 본다.
책을 비판적으로 비평하는 힘	내가 고른 책이라도 비판적인 거리에서 바라본다.	좋아하는 책이라도 '나와 다른 독자' 입장에 서 본다.
책을 종합적으로 비평하는 힘	책의 표지부터 판형, 디자인, 출판사, 작가, 내용 출판 상황, 사회문화적 맥락까지 종합적으로 바라본다.	구석구석의 요소를 살피고 음미하고 분석한다. 종합 비평의 묘미를 살린다.

해하고 파악하는 읽기를 넘어, 작가를 이해하는 풍성한 읽기를 해 본다. 귀를 활짝 열고 작가가 하려는 말에 귀를 기울인다. 다 이해하지 못해도 좋다. 열린 마음으로 듣고, 눈치 보지 않고 묻는다. 작가와의 주고-받기 읽기다. 작가와의 대화로 얻을 수 있는 것은 많다. 내용을 따라가기 급급했던 읽기와는 다르게 작가만의 개성을 즐길 수 있게 된다.

즐겨 걷는 산책길이라고 생각하면 이해가 쉽다. 늘 다녔던 길이지만 조금 더 구석구석 보려고 하면 보인다. 폐업한 줄 알았으나 열려 있는 작은 가게, 비스듬히 놓여 있는 나무 의자, 벤치 끝에 매달린 강아지 목줄까지 눈에 띈다. 앞만 보고 바삐 살면 볼 수 없는 것들이 보이는 즐거움을 만끽한다. 서평도 다르지 않다. 책의 표지 디자인, 종이의 느낌, 표지 디자이너, 작가 정보와 편집자 이름, 출판사 대표명, 출판사가 낸 다른 책, 각주와 부록, 번역자의 말까지 보인다. 비평에 넣을 수 있는 재료들이 풍성해지는 읽기다. 이런 재료를 모아 층을 쌓으면 개성 있는 종합 비평이 된다. 보고 싶은 부분만 보고 다루는 독후감과 달리 책 전체를 두루 관찰한 서평을 쓸 수 있다.

자유 서평의 비평 일부

작가는 제주 한 달 살기의 경험을 하루 단위로 나누어 보여 주며, 30일간의 변화를 기록한다. "인생의 첫 한 달 살기"였다는 저자의 고백은 8년간의 직장생활 후 얻은 '번아웃' 경험기로 보다 구체화된다. 늘 타인의 요구를 중시하며, 갈등을 피해 "YES!"라고 말해 왔기에 후회와 미련 가득한 삶을 살았다고 저자는 전한다. 늘 치열한 경쟁이 벌어지는 변화무쌍한 증권사에서 버티기 위해 '1일 1생존 전략'까지 세웠던 노력이 어떻게 번아웃으로 이어졌는지 상세히 펼쳐진다. 번아웃이 의심되는 피로한 독자, 번아웃을 경험했던 이라면 마치 자신의 이야기처럼 공감하며 읽을 수 있다. 저자가 찍은 사진과 연습용 일러스트는 읽는 재미를 더하고, '번아웃'이라는 주제가 주는 피로감을 덜어 준다. 특히 "내게 제주는 치유와 회복의 섬이었고, 다시 살아갈 힘을 준 시간이었다"(81쪽)와 같은 표현은 저자의 전작 『나는 오늘도 강릉으로 떠난다』(미래의강)를 좋아했던 독자라면 밑줄을 긋게 만든다.

의무 서평의 비평하는 힘
: 과제나 시험, 대회처럼 의무에 의해 쓰는 서평

항목	설명	특징
책을 이해하는 힘	관심을 가지는 시간이 필요하므로, 책에 대한 정보를 숙지하여 이해한다.	관심 없고, 재미없고, 지루하고, 난해한 책이라도 정보를 숙지하며 이해한다.
책을 읽어 내는 힘	책 내용은 물론 핵심 주제를 1~2차로 나누어 파악한다.	과제나 시험은 주로 핵심 주제를 잘 읽고 풀어 냈는가를 평가하므로 이에 유념한다. 1~2차 주제 읽기를 한다.
책을 객관적으로 비평하는 힘	객관적인 독자의 입장이 되어 바라본다.	책의 장점과 아쉬운 점을 분석한다.
책을 비판적으로 비평하는 힘	비판적인 독자의 입장이 되어 바라본다.	필독서로 선정된 책이라도 비판적으로 분석한다.
책을 논리적으로 정리하는 힘	서평의 특성을 살려 논리적으로 정리하며 바라본다.	독후감이 아닌 서평이기에 논리를 갖춘 문장-문단-전체 짜임을 중시한다.

필독서란 필히 읽어야 하는 책으로 과제나 시험, 대회용 책으로 주어진다. 필독서 중에 골라서 서평을 쓰기도, 한 권에 대한 서평을 여러 명이 쓰기도 한다.

필독서가 내 관심사가 아니거나 읽어도 와 닿지 않는 경우 서평 쓰기는 부담으로 다가온다. 첫 문장을 어떻게 시작해야 할지 막막하다. 그럴 땐 '정보'라도 숙지해 보자. 작가에 대한 정보부터 읽어 본다. 작가 인터뷰나 책에 관한 정보를 찾아보거나, 작가의 다른 책을 참고할 수도 있다. 책에 담긴 핵심 주제를 단번에 파악하려 하지 말고 1~2차로 나누어 살펴본다. 내용 파악을 먼저 한 후 주제를 읽기 위한 2차 독서를 한다. 서평에 넣어야 할 요지를 정리하며 평가자가 중시할 논리가 문장과 문장, 문단과 문단에 고루 들어갔는지 고려한다.

의무 서평의 비평 일부

이 책의 가장 큰 장점은 제주 한 달 살기의 경험을 하루 단위로 보여 준다는 것이다. 30일간의 변화과정이 사진과 일러스트와 함께 흥미진진하게 실려 있다. 제주 한 달 살기를 준비하는 독자라면 크게 세 가지 도움을 받을 수 있다. 하나, 사전 준비에서 주의해야 할 점들이 일목요연하게 정리되어 있다. 둘, 한 달 살기의 시작부터 종결까지 생생하게 서술되어 간접 체험을 제공한다. 셋, 한 달 살기에 대한 로망보다는 현실에 초점을 맞춘 가이드북이다. 또한 8년간의 직장생활 후 번아웃이 왔다는 저자의 이야기가 총 다섯 개 에피소드로 구성되어 있어 각 이야기마다의 재미를 준다.

다만 제주 한 달 살기에 관한 책을 자주 접했거나, '번아웃 에세이에 번아웃된' 사람이라면 지루할 수 있다. "내게 제주는 치유와 회복의 섬이었고, 다시 살아갈 힘을 준 시간이었다"(81쪽)와 같은 독백은 공감을 불러일으킬 수 있지만 다소 밋밋한 서술로 느껴질 수도 있다. 편안한 독백을 좋아하는 독자에게 추천하지만, 실용적인 제주 살이 방법을 알고 싶다면 『제주 30일 살이의 모든 것』(상상의묘), 『제주 한 달 살기 이렇게 해보면 어떨까』(갈매기의집)를 곁들여 읽어보기를 권한다.

비평 실력을 기르기 위한 요소별 책 읽기

역자의 말과 부록, 각주도 책의 중요한 구성품이다. 본문을 이해하거나 보충하는 편집자의 목소리라고도 볼 수 있다. 각 요소를 서평에서 어떻게 활용하는지 정리한 표를 보자.

서평 글감 구분	방법	비고
역자의 말 활용하기	번역서라면 역자의 말을 서평의 글감으로 활용한다. 역자의 견해에 공감한다면 공감의 이유를, 공감하기 어렵다면 공감하기 어려운 이유를 쓴다.	역자의 말을 인용할 때도 인용 부호와 페이지를 기재한다.
부록 활용하기	책에 실린 부록의 형식, 내용, 구성, 분량을 바탕으로 부록의 쓰임새를 평가한다. 부록의 쓰임을 객관적으로 판단해 제3자의 입장에서 평가한다.	출판사나, 저자 입장에서 부록을 넣은 이유를 고심해 보고 평가한다. 인용부호와 페이지를 기재한다.
각주 활용하기	각주를 놓치고 읽을 독자를 위해 각주 일부를 소개한다. 책을 이해하는 데 도움을 줄 만한 각주로 보이는 부분을 중심으로 서술한다.	각주가 많은 책의 경우, 주요 각주부터 표시한다. 이 중 서평의 방향과 어울리는 각주를 소개한다. 인용 부호와 페이지를 기재한다.

3장

책 분야별 요약하는 방법

01
소설 요약하는 방법

인간은 이야기 중독자, 이야기의 동물이다. 어렸을 때부터 이야기를 듣고, 인형극, 역할극, 놀이를 통해 이야기를 만들며 자란다. 이처럼 이야기는 관계 속에 사는 인류 전 생애 거의 모든 측면에 맞닿아 있다. 관계 속에 사는 인간은 부족과 결핍이 생기기 마련이며, 혼자 해결하기 어렵다. 이야기는 결핍에서 오는 욕망 충족 과정을 언어로 표현한 것이라 할 수 있다. 사람들이 이야기를 좋아하고, 소설에 빠져드는 이유이기도 하다. 소설은 비문학과 달리 이야기 줄거리를 따르는 맥락을 알아야 한다. 그래야 이해할 수 있다. 따라서 소설 서평에서 가장 우선으로 고려할 점은 '줄거리 요약'이다. 독자 대부분 이 책은 무슨 이야기를 할까에 관심이 많기 때문이다.

대부분의 사람들은 요약을 내용 줄이기라 생각한다. 말이나 글의 요점을 잡아 간추리는 것을 요약이라 하니 전혀 생뚱맞은 것은 아니다. 하지만 그저 줄인다고 요약이 아니라는 걸 서평을 쓰면서 알게 된다. 이 때부터 '아, 생각보다 요약이 정말 어렵네'라며 난감해한다. 이때 소설, 그림책, 비문학 등 책 분야에 따라 요약하는 방법을 알면 서평 쓰기가 훨씬 수월해진다.

소설 요약하는 방법

(1) 소설은 기승전결에서 승이나 전까지만 요약한다.

(2) 한 문장 요약에서 다섯 문장 요약으로 단계를 늘려 가며 요약 연습한다.

(3) 주인공을 중심으로 등장인물의 관계를 소개한다.

(4) 주인공을 중심으로 주변 인물 두서너 명만 소개한다.

(5) 글의 4분의 1 또는 3분의 1의 비율로 요약한다.

(6) 소설의 문장을 그대로 옮기지 않고 글 쓰는 이의
언어로 쓴다.

(7) 여러 단편이 들어 있는 소설집은 각 작품을
짧게라도 소개한다.

(8) 시대적 배경이 소설의 중심에 있을 때는 주인공과
시대 상황의 관계를 기술한다.

(9) 내용은 점층적으로 기술한다.

소설은 발단·전개·절정·결말의 구조로 요약한다. 단, 기승전결에서 승이나 전까지만 요약한다. 결말이 어떻게 됐는지 모든 걸 보여 줄 필요 없다. 스포일러 하면 안 된다. 서평을 읽는 이가 책이 궁금해질 정도 로만 보여 준다. 만약 모든 내용과 결말을 훤하게 아는 상태라면 굳이 영화관에 가고 싶겠는가. 줄거리는 알아도 자세한 내용, 영화를 관통하는 핵심은 모른 채 영화를 보고 싶을 것이다. 소설도 마찬가지다. 적당한 궁금증이 있을 때 이야기가 더욱 흥미로운 법이다.

영화 「파묘」는 상영한 지 한 달이 채 되지 않아 누

적 관객 천만을 넘었다. 영화를 본 지인한테 이야기를 들었지만 자세한 내용이나 결말은 모른다. 그는 나에게 여우가 나온다고 말했을 뿐 영화에서 여우가 어떤 역할을 하는지 말하지 않았다. 또한 파묘를 하고, 그 안에서 나와서는 안 될 것이 나왔다고만 소개했다. 나와서는 안 될 것이 무엇인지는 자세히 말하지 않는다. 필자도 굳이 결말을 묻지 않고 찾아보지 않는다. 나중에라도 영화를 보게 될지 모르니 말이다. 서평에서 요약도 그렇다. 친절하되 너무 친절해서는 안 된다. 서평의 독자는 책을 읽은 사람일 수도 있지만 읽지 않은 사람일 수도 있다. 그렇기에 친절해야 하고, 또 너무 친절해서 모든 걸 다 보여 줘서는 안 된다. 밀당을 잘해야 한다.

예를 들어 권여선의 단편 「이모」에서 주인공 '이모'를 중심으로 요약한다면 이모를 어디까지 보여 주어야 할까. 이모는 결혼하지 않고 직장을 다니며 가족을 건사한다. 그러던 이모가 쉰다섯, 어느 날 '당분간 모든 관계를 끊고 살겠다'는 편지 한 장 달랑 써 놓고 사라진다. 소설은 계속 진행되지만 줄거리 요약은 여기까지만이다. 모든 것을 다 보여 주지 않고, 이모가 홀연히 사라지는 지점에서 줄거리 요약을 마무리한다. 이모의 삶이 어떠하리라는 것은 독자가 짐작할 수 있도록 가족을 건사하는 부분까지만 보여 준다. 독자가 '왜'라는 궁금증에 딸려 와 책을 읽을 수 있도록 놓았다 쥐었다 완급 조절을 하며 요약한다.

그렇다면 통상 300쪽이 넘는 장편 소설은 한 단락, 대여섯 줄의 문장으로 어떻게 요약해야 할까. 조금 쉽게 접근해 보자. 300~400쪽의 책을 무작정 통으로 요약하려 한다면 그야말로 대책 없이 덤비는 꼴밖에 되지 않는다. 차근차근 계단을 올라가듯 단계를 생각하며 요약해 보자. 먼저 이 책이 어떤 책인지 한 문장 정도로 요약한다. 그리고 좀 더 구체적으로, 한 문장에서 다섯 문장으로 요약하기를 연습한다. 첫 문장은 책 제목과 지은이, 출판사, 출간연도 등 간단한 서지 정보를 소개한다. 두 번째부터 네 번째 문장은 책의 핵심 내용이나 사건, 주인공을 중심으로 한 주변 등장인물 위주로 구성한다. 마지막 다섯 번째 문장은 이 책에서 전하고자 하는 주제로 구성한다.

　두꺼운 분량만큼이나 소설의 요약이 어렵게 느껴지는 이유는 수많은 인물이 등장하기 때문이기도 하다. 에밀 아자르의 『자기 앞의 생』은 '벨빌'이라는 곳의 엘리베이터도 없는 7층 건물을 배경으로 다양한 사람들이 등장한다. 독자는 여러 명의 등장인물 때문에 소설이 더 복잡하게 느껴진다. 하지만 등장인물의 숫자에 지레 겁먹지 말자. 주인공을 중심으로 등장인물의 관계를 소개한다. 소설이 잘 이해되지 않거나 읽기 어려울 때도 인물 관계도를 그려 가면서 읽으면 작품 이해에 도움 된다. 한 단락, 대여섯 문장으로 여러 인물을 어떻게 모두 소개하지, 걱정할 필요 없다. 소설에 나오는 모든 인물을 소개할 필요는 없기 때문이다. 주인공을 중심으로 주변 인물 두서너 명만 소개한다. 이때 반드시 지켜야 할 것은 주인공과 해당 인물과의 '관계'이다. 그래야만 줄거리를 따라가기 쉽다. 『자기 앞의 생』에서로 예를 들자면, 모모와 로자 아줌마의 관계, 모모와 하밀 할아버지의 관계만 밝혀 준다. 로자 아줌마에게 물질적 도움을 주는 롤라 아줌마나 카메룬 태생의 왈룸바 아저씨, 나딘 아줌마, 키츠 선생님 등의 인물은 소개하지 않아도 된다.

소설 줄거리 요약 예시 ①

『자기 앞의 생』(문학동네, 2003)은 창녀의 아들로 태어나 버림받은 열네 살 소년 모모의 이야기다. 모모는 창녀들의 아이를 맡아 키우며 근근이 생활을 이어 가는 로자 아줌마와 함께 지낸다. 모모는 이미 여섯 살쯤 인생을 깨닫는다. 부모 없이 살아가야 하는 모모는 자신을 방어하기 위해 때로 위악적이기도 하고, 슬퍼도 눈물 흘리지 않는다. 가끔 어른을 속이고 도둑질도 한다. 하지만 아무리 강한 척해도 로자 아줌마 없이 혼자 살 생각을 하면 두렵기만 하다.

서평은 책을 소개하고 평가하는 글이다. 나를 위한 글이기도 하지만 제3자를 대상으로 한다. 독자가 있는 글쓰기이다. 따라서 책에 어떤 내용이 담겼고 어떤 특징이 있으며 어떤 독자에게 어떤 이유로 추천한다는 서평자의 입장이 분명해야 한다. 또한 서평을 읽을 독자를 고려해야 한다. 읽는 이를 고려한다면 줄거리 요약을 서평의 어느 정도 분량으로 배치해야 할지 가늠할 수 있다. 줄거리 요약은 너무 짧아도 너무 길어도 독자와 소통하기 어렵다. 적절한 분량, 즉 글의 4분의 1 또는 3분의 1의 비율로 요약한다.

줄거리를 요약할 때는 책 속 문장을 그대로 옮기지 않는다. 문장을 그대로 옮기는 것은 인용이지 요약이 아니다. 요약은 글 쓰는 이의 입말을 글로 풀어야 한다. 생각과 느낌을 소리로 표현하면 말이 되고 문자로 표현하면 글이 된다고 하지 않던가. 소설의 문장을 그대로 옮기지 말고 글 쓰는 이의 언어로 옮기자.

『허삼관 매혈기』(푸른숲, 2007)는 문화대혁명이라는 격랑 속 세월을 살아가며 매혈 여로를 걷는 한 남자의 삶을 보여 준다. 주인공 허삼관은 성안의 생사공장에서 누에고치 대 주는 일을 하는 노동자다. 결혼의 조건으로 가장 중요한 것이 건강인데 매혈은 건강함의 징표일 뿐 아니라 공장 일에 몇 달을 매달려도 모으기 어려운 목돈을 마련하는 길이기도 하다. 허삼관의 첫 번째 매혈은 동네 미인 허옥란과 결혼을 하기 위해서다. 이후 세 아들을 낳고 살며 몇 번의 매혈을 더 한다. 대약진 운동으로 인한 기근에 가족이 굶게

되자 맛있는 밥을 사 주기 위해 피를 파는 등 그의 매혈 여
정은 멈추지 않는데.

소설을 요약하는 또 하나의 방법은 시대 배경을
활용하는 것이다. 고전 문학은 대부분 특정 시대를 배
경으로 한다. 소설을 읽을 때 시대 배경을 알고 읽는
다면 작품 이해도가 훨씬 높아진다. 하지만 모든 문학
이 시대 배경을 필요로 하지는 않는다. 그러니 서평
에서 시대 배경이 녹아 들어가야 할 때도 있고 그렇지
않은 경우도 있는 것이다. 위화의 『허삼관 매혈기』는
중국의 '문화대혁명'을 시대 배경으로 한다. 이처럼
시대 배경이 소설의 중심에 있을 때는 주인공과 시대
상황의 관계를 서술한다. 그래야 작품을 정확하게 이
해할 수 있다.

줄거리 요약 예시 ②

윤이형의 『러브 레플리카』(문학동네, 2016)는 일본의 락 밴
드 X-Japan의 1991년 앨범 〈Jealousy〉의 삽입곡 'Love Repli-

ca'에서 제목을 차용했다고 한다. 이 소설집은 표제작을 비롯해 총 8편의 작품이 실렸다. 수록 단편 중「쿤의 여행」은 제5회 젊은작가상 수상작으로, 열다섯 살로 돌아가 진짜 어른이 되려는 마흔의 여자를 그린다. 퀴어 축제에서 만나 사랑하지만 서로 다름을 끝내 인정하지 않고 침묵으로 외면하는 게이「루카」는 제6회 젊은작가상과 제5회 문지문학상을 수상했다.「대니」는 스무살 안드로이드 베이비시터가 예순아홉 할머니에게 갖게 된 아름다운 감정을,「굿바이」는 치욕을 견디면서 생을 이어 가는 임산부와 이상을 쫓는 기계인간을 대비한다. 표제작「러브 레플리카」는 타인의 삶을 복제하는 여자 '경'을 그린다. 불가사의한 재난으로 어른들이 증발한 세계에 남은 아이들을 비추는 단편「핍」. 인간의 감정을 느끼지 못하는 린과 린을 보호하는 일을 하는 진우 이야기인「캠프 루비에 있었다」. 마지막으로 행복한 사람을 찾아 나서는 마법사 마르한의 원정기를 들려주는「엘로」까지. 윤이형은 아름다운 사랑이 되지 못한 감정들에 관한 이야기를 가상과 현실이라는 시공간을 자유롭게 넘나들며 풀어놓는다.

권여선의『안녕 주정뱅이』(창비, 2016)는 2013년 여름부터 2015년 겨울까지 발표한 일곱 편의 단편을 엮은 소설집이다. 제목에서 연상되듯 수록된 작품들에는 술 마시는 장면이 자주 등장한다. 「봄밤」의 영경은 이혼 후 아이를 빼앗기고 술에 의지한다. 알코올중독이 돼 버린 그녀는 술에 취한 채 김수영의 시를 큰 소리로 외운다. 「역광」에서는 식사 후 커피잔에 소주를 부어 마시는 그녀가 등장한다. 「카메라」에서는 두 달 만난 옛 애인의 누나 관희와 문정이 술을 마신다. 왜 술이었을까.

소설 요약에서 또 하나 설명해야 할 것은 바로 소설집 요약이다. 장편이 아닌 단편 모음의 소설집 요약에서는 [줄거리 요약 예시 ②]처럼 각 작품을 짧게라도 소개한다. 물론 본격적으로 서평을 이어 나갈 때는 요약에서 언급한 작품 중 하나에 집중해서 써도 된다.

이 모든 걸 알아도 요약이 두렵고 막막할 수 있다. 두꺼운 벽돌책이라면 두께에 짓눌려 더 막막하다. 서평은커녕 읽기도 버겁다. 이럴 때는 조금 세부적으로 나눠서 요약을 해 보자. 계획도 구체적일 때 실천하기 쉬운 것처럼, 장별로 나눠 읽고 포스트잇이나 책 가장자리에 메모한다. 장별로 한 메모를 모아 요약한다. 책 한 권 전체를 한 번에 요약하려 할 때보다는 조금 더 쉬울 것이다.

요약을 한 후 다시 읽어 보자. 초고를 쓰고 퇴고를 하듯 줄거리 요약이 제대로 되었는지 확인한다. 혹시 주요한 부분을 빠트리지는 않았는지, 너무 성큼 건너뛰지 않았는지, 책을 읽지 않은 독자의 입장이 되어 살펴본다.

0^2
그림책 요약하는 방법

오랜 시간 그림책 활동가로 지내면서 그림책 서평은 어떻게 써야 하는지 질문하는 많은 이들을 만나 왔다. 그림책을 즐기는 성인 독자가 많아지면서 그림책 읽기에서 쓰기로 발돋움하고 싶은 욕구 또한 늘어났기 때문이라 생각한다. 감상에 머무르는 그림책 읽기에서 좀 더 나아가 객관적이며 깊이 있는 읽기를 하고 싶어 한다. 무엇보다 기록하고 싶은 마음이 든다. 그림책 서평이 궁금하다. 하지만 어디서부터 어떻게 써야 할지 막막하다. 그림책 서평 쓰기 수업을 시작하면, 수강생들은 자신의 이야기에 머물렀던 그림책 에세이에서 벗어나고자 애쓴다. 그림책 서평 쓰기를 안내하면 대부분 곧잘 따라오긴 하지만 문제는 요약이다. 이미 짧은 그림책에서 또 무엇을 요약하라는 말이냐는 듯 쳐다본다. 하물며 글이 아예 없는 그림책도 있다. 글도 없는데 어떻게 요약하란 말인가. 길면 긴 대로 짧으면 짧은 대로 요약은 어렵다. 하지만 그림책의 특이성만 이해하면 마냥 어렵지만은 않을 것이다.

그림책은 태아부터 노인까지 다양한 수준과 연령대의 이중 독자를 대상으로 한다. 마찬가지로 그림책 서평은 어린이와 성인이라는 이중 독자의 특이성을 가진다. 따라서 추천 연령대를 명확히 하고 서평의 언어는 쉬워야 한다. 마찬가지로 그림책 줄거리 요약에 있어서도 추천 연령대에 알맞은 언어여야 한다.

그림책은 대부분 32쪽이 기본으로 분량이 짧은 편이다. 물론 책에 따라 분량은 다양하겠으나 대부분 기본 쪽수에서 크게 벗어나지 않는다. 쪽수가 한정적이다 보니 이야기가 압축적이고 상징적이다. 제한된 지면에 작가가 하고 싶은 말을 넣으려니 한 면에 펼쳐진 양쪽의 시간이 각각 낮과 밤으로 다를 수도 있다. 한 쪽 차이로 계절이 바뀌기도 한다. 성큼성큼이다. 그러다 보니 무엇을 어떻게 요약하느냐는 질문이 나올 수밖에.

작가 페리 노들먼은 "그림이 묘사하는 상황을 이해하려고 노력하는 것은 항상 그것에 언어를 부과하는 행위이다"라고 말한다. 그림책 서평 쓰기는 다양한 의미를 생산하는 그림책 읽기의 한 방법이다. 글이 많지 않고, 하물며 그림만으로 구성된 그림책이라고 할지라도 다양한 각도에서 여러 의미로 해석 가능한, 할 말이 많은 책이 그림책이다. 그러니 '짧아서 요약을 어떻게 하지'라는 생각은 과감히 버려라. 짧아도 요약은 충분히 가능하다.

그림책 요약 예시 ①

『프레드릭』(레오 리오니, 시공주니어, 2013)은 프레드릭과 들쥐 가족의 삶을 보여 준다. 프레드릭은 다른 들쥐 가족이 겨울을 대비해 열심히 식량을 모으는 동안 게슴츠레 눈을

뜨고 가만 앉아있기만 한다. 그런 프레드릭을 보고 들쥐 가족은 왜 일을 하지 않느냐고 묻는다. 프레드릭은 자신도 어두운 겨울날을 위해 양식을 모으고 있다고 답한다. 추운 겨울이 되자 들쥐 가족은 그동안 모은 양식으로 겨울을 보내지만, 긴 겨울을 버티지 못하고 양식은 동이 난다. 그때 들쥐 가족은 프레드릭이 모은 양식에 대해 묻는다. 프레드릭은 커다란 돌 위로 올라가 자신이 그간 모은 양식을 보여 주는데.

그림책은 주인공을 중심으로 요약한다. 또 주인공과 주변 인물, 즉 예시에서처럼 프레드릭과 프레드릭 주변의 다른 들쥐 가족을 중심에 두고 요약한다.

그림책의 줄거리 요약도 역시 전부를 보여 주지 않는다. 그림책의 글이 짧으니 다 보여 줘야 하지 않을까 생각했다면 오산이다. 문학 줄거리 요약과 마찬가지로 스포일러 하지 않는 것이 기본이다. 서평에 소개된 그림책을 아직 읽지 않은 독자에게 결말을 미리 알려 주는 친절은 베풀지 않아도 된다. 과한 친절은 오히려 그림책을 찾아보는 재미와 흥미를 크게 떨어뜨릴 뿐이다. 예시처럼 프레드릭이 양식을 보여 주는 장면에서 마무리한다. 『프레드릭』을 읽지 않은 독자라면 프레드릭의 양식이 무엇인지 무척 궁금할 것이다. 당장 그림책을 보고 싶은 마음에 인터넷 서점을 드나들거나 도서관으로 향하고 있을 수도.

그림책 서평 쓰기에서 흔히 하는 실수 중 하나는 글 위주의 줄거리 요약에 치우치는 것이다. 그림책은 일반 책과 달리 글과 그림, 하물며 그림만으로 구성되기도 한다. 그림에는 글에 담겨 있지 않은 추가 정보가 있을 뿐 아니라 글과 그림의 상호작용으로 그림책의 전체 의미가 생성된다. 그러므로 그림책을 보고 줄거리를 파악할 때 글만 봐서는 안 된다. 특히, 성인 독자 대부분이 글에 노출된 시간이 더 길다 보니 그림을 놓치는 경우가 종종 있다. 페리 노들먼은 "글과 그림 둘 가운데 어느 하나가 없다면 그림책에 대한 해석은 그릇될 수밖에 없다"라고 한다. 이처럼 그림책은 글과 그림의 관계, 상호 작용을 염두에 두고 줄거리를 파악하고 요약한다. 글이 그림과 어떤 관계인지 알기 위해, 그림을 꼭 읽어야 한다.

[그림♦1]은 모리스 샌닥의 『괴물들이 사는 나라』 (시공주니어, 2002) 중 한 장면이다. 글을 빼고 그림만 봤을 때 괴물들이 어떻게 보이는가? 그림책 서평 수업에 참여했던 S는 자신이 생각했던 괴물과 달리 귀엽고 순진해 보인다고 했다. 우리가 흔히 떠올리는 괴물은 무시무시하다. 기괴하게 생긴 모습이 공포스러워 소름이 끼치기도 한다. 하지만 이 그림책의 괴물은 우리의 연상과는 다르다. 맥스를 환영하는 것 같고, 심지어 얼굴이 동글동글 귀엽기까지 하다. 발톱과 이빨이 뾰족한데도 큰 위협이 느껴지지 않는다.

그렇다면 그림에 글이 덧붙은 [그림♦2]는 그림만 있는 [그림♦1]과 어떻게 다른가. 괴물들은 "무서운 소리로 으르렁대고, 무서운 이빨을 부드득 갈고, 무서운

[그림 ◆ 2]

맥스가 괴물 나라에 배를 대자
괴물들은 무서운 소리로 으르렁대고,

무서운 이빨을 부드득 갈고,
무서운 눈알을 뒤룩대고,
무서운 발톱을 세워 보였어.

눈알을 뒤룩대고 무서운 발톱을 세워 보였"다고 한다.
글에서 표현되는 괴물은 무시무시하기 짝이 없다. 글
은 그림의 배경음 역할을 한다. 글과 그림이 따로따로
이야기한다. 대위법이다. 이로 인해, 독자는 그림책을
오감으로써 더 생생하게 보고 듣고 느낀다. 그림책 줄
거리 요약에서 글과 그림을 함께 보고 읽어야 하는 이
유이다.

그림책 요약 예시 ②

가브리엘 뱅상의 작품 중『비 오는 날의 소풍』(황금여우,
2015)에는 어울리지 않을 것 같은 두 주인공이 등장한다.
곰 아저씨 에르네스트와 아기 생쥐 셀레스틴이다. 어느 날

이 둘은 소풍을 가기로 하고 들뜬 마음으로 소풍 준비를 한다. 다음 날 아침, 에르네스트 아저씨는 비가 내려 소풍을 가지 못할 것 같다고 한다. 아저씨의 말에 셀레스틴은 속상하다. 시무룩한 셀레스틴에게 곰 아저씨는 비가 오지 않는 셈 치고 소풍을 가자고 제안한다.

(1) 누가: 셀레스틴과 에르네스트 아저씨는

(2) 언제: 소풍을 가기로 한 다음 날, 아침

(3) 어디서: 밖

(4) 무엇을: 소풍을

(5) 어떻게: 가지 못하게 되었다

(6) 왜: 비가 와서

그림책 요약은 한 단락으로, 서평 전체 내용에서 4분의 1이 적당하다. 이때 [그림책 요약 예시 ②]처럼 육하원칙에 맞추어 요약해 보자. 군더더기 없는 줄거리 요약을 할 수 있다.

03
인문 사회 도서 요약하는 방법

문학이 아닌 모든 책을 우리는 비문학이라 한다. 인문 사회도 비문학이다. 철학, 문학, 인문학, 사회학, 역사학, 고고학, 언어학, 여성학, 미학, 예술, 신학 등 매우 다양하다. 인문 사회서는 대체로 사실과 정보자료를 다루므로, 책을 분석하면서 꼼꼼하게 읽어야 한다. 서평의 첫 단계는 결국 책을 섬세하게 읽는 것부터다.

인문 사회 분야의 서평은 요약이 아닌 '소개'가 목적이다. 따라서 책이 어떤 내용을 담고 있는지 파악하기 위해 목차를 살핀다. 대부분의 저자가 제대로 된 목차를 구성하기 위해 고심하며 시간을 쏟아붓는다.

훌륭한 목차는 책을 한 쾌에 보여 주는 지도 역할을 한다. 이러한 목차는 핵심어를 담고 있으며, 이를 기준으로 내용을 요약해 보자. 간결하면서도 책을 한눈에 보여 주는 요약을 할 수 있다.

요약은 단순 줄거리를 설명하는 것이 아니다. 인문 사회 도서라면 이 책이 나오게 된 배경, 즉 저자의 집필 의도가 요약에 드러나야 한다. 저자가 책을 왜 쓰고자 했는지를 요약에서 명확하게 밝혀야 독자의 관심과 흥미를 끌 수 있는 것이다.

인문 사회 도서 요약하는 방법

(1) 요약이 아닌 '소개'가 목적이다

(2) 책의 '목차'를 주목한다.

(3) 집필 의도를 밝힌다.

(4) 책에서 문제 삼는 대상이나 주장을 염두에 두고 요약한다.

(5) 저자가 전달하고자 하는 의미를 지나치게 비판하지 않는다.

인문 사회 책은 사회의 문제와 이에 대한 저자의 주장을 담고 있으므로 이를 염두에 두고 요약한다. 단, 요약에서는 저자가 말하고자 하는 의미를 가능한 한 그대로 전달한다. 지나친 비판은 하지 않는다.

인문 사회 도서 요약 예시 ①

『장정일의 공부』(랜덤하우스코리아, 2006)의 저자 장정일은 문학가로 살며 정치나 사회 이슈에 별다른 관심이 없었으나, 2002년 대선 당시 우리 사회가 이념적으로 대립하는 모습에서 한국 사회에 대한 궁금증이 일었다고 한다. 그 궁금증을 풀기 위해 23개의 화두와 관련된 책을 섭렵하면서 사유의 확장을 시도했다. 그 결과로 엮은 『장정일의 공부』는 '교양: 지식의 최전선', '이광수를 위한 변명', '철학의 오만', '엘리자베스 1세; 영국사의 한 장면', '2007년, 아마겟돈' 등의 주제로 동서양을 넘나드는 사유를 보여 준다. 또 초판에 없는 부록 '장정일이 공부한 책 목록'을 추가해 독자들이 언제든 찾아볼 수 있도록 했다.

『장정일의 공부』를 읽고 서평을 쓴다면 먼저 해

야 할 것은 서평을 이끌 '주제' 찾기다. 서평에서 무엇을 이야기할지 방향을 잡아야 요약도 수월하다. 어떤 핵심어로 서평을 풀어낼지 정하지 않은 상태에서 서평을 쓰기란 어렵다. 쓴다고 해도 개구리가 어디로 튈지 모르는 것과 같은 산만한 글이 나올 가능성이 크다. 장정일은 공부를 '무엇에도 휘둘리지 않는 삶을 위한 가장 평범하지만 가장 적극적인 투쟁'이라고 한다. 서평의 주제를 '공부, 삶을 위한 가장 적극적인 투쟁'이라고 정했다면 요약 역시 서평 주제의 방향을 고려하여, 장정일이 삶에서 적극적으로 실행한 공부를 중심으로 요약한다. [예시 ①]의 요약은 집필 의도뿐 아니라 책에서 추가된 부분의 정보를 알림으로써 장정일의 책 목록이 궁금한 독자들이 관심을 가질 수 있도록 한 요약이다.

인문 사회 도서 요약 예시 ②

페터 비에리의 『자기 결정』(은행나무, 2015)은 '행복하고 존엄한 삶은 내가 결정하는 삶이다'라는 부제로 존엄성을 지키며 행복하게 살아가기 위한 삶의 철학을 제시한다. 책은 저자가 2011년 오스트리아 그라츠에서 '어떻게 살 것인가'를 주제로 3일간 강연한 내용을 토대로 엮었다. 강연 순서에 따라 자기 생각과 삶의 진정한 주인이 되기 위해서는 자기 결정의 삶은 어떤 모습인지, 자기 인식은 왜 중요한지, 이를 바탕으로 문화적 정체성은 어떻게 탄생하는지에 대해 서술한다.

누구나 글쓰기에서 퇴고의 중요성을 말한다. 누군가는 초고가 걸레가 될 때까지 퇴고하라고 한다. 물론 쉽지 않은 일이다. 요약하고 난 후 다시 살펴보고, 중요하지 않은 내용은 삭제한다. 즉 목차에서 볼 수 있는 핵심어 중심으로 요약했는지, 저자의 집필 의도는 들어갔는지를 살핀다. 또 저자가 전달하고자 하는 의미를 서평자의 관점으로 너무 비판하지는 않았는지 확인하고 퇴고한다. 좋은 글은 글 쓰는 이의 부지런한 손길에서 탄생하기 마련이다.

실습: 요약 분석하기

『시의 힘』(현암사, 2015)은 저자 서경식이 쓴 첫 문학 에세이다. 한국과 일본에서 한 문학 강의를 바탕으로 '나는 왜 글쟁이가 되었는가', '시의 힘', '조선의 시인들', '한국문학과 세계문학을 둘러싼 단상', '경계를 넘은 자의 모어와 읽기 쓰기' 등 문학을 주제로 한 에세이, 문학평론, 읽기와 쓰기에 관한 글로 구성되었다. 또한 저자가 고등학교 3학년 시절 자비출판한 개인소장판 시집 『8월』에 수록된 열한 편의 시 전문을 번역하여 수록했다. 일제 강점기에 쓰인 윤동주의 시와 노동 운동 속에 탄생한 박노해의 시, 동일본 대지진 이후의 일본 시, 중국의 루쉰, 프리모 레비, 빅터 프랭클을 통해 저자는 '절망의 시대에 시는 어떻게 인간을 구원하는가'를 탐색한다.

제시한 인문사회 도서 요약에서 책에 대한 '소개'가 잘 드러났는지 분석해 보자.

- 책의 '목차'가 잘 드러났는가?
- 집필 의도가 잘 드러났는가?

○ 책에서 문제 삼는 대상이나 주장을 염두에 두고
  요약했는가?

○ 저자가 전달하고자 하는 의미를 지나치게 비판하지
  않는가?

04
실용서 요약하는 방법

똑같은 책을 읽어도 줄거리 요약은 제각각 다르다. 아주 작은 사건에 초점을 맞춰 협소한 요약을 한 사람이 있는가 하면 어떤 이는 책을 관통하는 핵심 부분을 잘 추려 또 하나의 이야기로도 충분할 만큼의 요약을 한다. 줄거리는 그 자체가 하나의 이야기이다. 줄거리 요약만 보고도 "우와, 재미있어요", "책이 궁금해요, 읽어보고 싶어요"라고 느낄 수 있도록 해야 한다. 그렇다면 줄거리만으로도 책이 궁금해지는 요약은 어떻게 해야 할까. 그리고 똑같은 책을 읽고 한 요약인데 왜 차이가 생길까.

"글쓴이가 다르니 요약이 다르지요"라고 한다면 이 또한 틀린 말은 아니다. 하지만 여기서 말하는 '제각각 다르다'는 책의 핵심을 벗어난 요약에서 생기는 차이를 말한다. 요약은 독해력이다. 요약을 잘하기 위해서는 책을 잘 읽어야 한다. 책을 잘 읽는다는 것은 책이 던지는 핵심을 잘 파악하는 것이다. 책을 보는 관점이 있어야 한다. 자신이 이 책을 어떤 시선으로 읽었으며, 어떤 사유를 했는지가 분명하다면 흔들릴 이유가 없다. 관점이 없으면, 숲의 여러 나무 중 오직 한 그루만 쳐다본 꼴이 된다. 서평을 쓰려면 숲을 볼 수 있는 눈을 갖춰야 한다. 책이라는 숲을 볼 수 있을 때 요약도, 서평도 갈 길을 잃지 않는다.

실용서 요약하는 방법

(1) 책의 '목차'를 주목한다.

(2) 목차에서 핵심어 2~3개 정도를 선택한다.

(3) 선택한 핵심어들을 연결하여 문장으로 구성한다.

(4) 분량은 읽은 독자와 읽지 않은 독자를 고려해 정한다.

그렇다면 실용서는 어떻게 요약할까. 실용서는 현실 생활에 도움이 되는 내용을 담은 책으로서 실용성을 목적으로 한다. 인문서처럼 보편의 진리를 추구하는 것이 아니라 어떤 특정 상황에서의 문제 해결 방법이나, 독자가 알고자 하는 정보를 알려 주는 것이 목적이다. 따라서 요약할 때도 이를 중심으로 한다.

비문학에 속하는 실용서 역시 책의 핵심어 집합소인 '목차'에 주목한다. 목차는 독자가 길을 잃지 않고 책을 읽을 수 있도록 안내하는 지도, 내비게이션에 해당한다. 목차에서 책의 핵심어를 찾고 실용서의 목적을 염두에 두고 서평을 구성하면 훨씬 수월하게 쓸 수 있다.

실용서 요약 예시 ①

『온라인 책 모임 잘하는 법』(북바이북, 2021)은 네 명의 공저자가 비대면 시대 온라인으로 책 모임 잘하는 법을 안내한다. 책은 총 3부로, 1부에서는 온라인과 오프라인 책 모임의 차이점과 준비해야 할 마음 자세와 도구까지 다룬다.

2부에서는 온라인 모임의 운영 원칙과 문제 해결법을 제시하고, 3부에서는 실제 사례를 예시로 들어 온라인 책 모임 운영에 도움되는 노하우를 전한다. 책 모임 운영자와 참여자 모두에게 필요한 실제적인 내용을 담아 온라인 책 모임만의 특징과 문제 상황에 대한 해결을 제시한다.

필자가 공저한『온라인 책 모임 잘하는 법』목차에서는 '온라인', '책 모임', '준비', '장비', '운영 원칙', '문제', '해결', '노하우' 등의 핵심어를 찾을 수 있다. 하지만 여러 개의 핵심어를 모두 요약할 필요는 없다. 이 중 2~3개의 핵심어를 요약한다. 이처럼 핵심어를 중심으로 요약을 한다면 샛길로 빠지지 않는 알찬 요약을 할 수 있다. 비문학에 해당하는 실용서도 문학 요약과 마찬가지로 모든 내용을 다 넣으려 애쓰지 말자. 핵심만 간추려 군더더기 없는, 뺄 것 빼고 쓸 것 쓰는 요약을 하자. 분량 또한 문학과 마찬가지로 책 읽은 독자와 읽지 않은 독자 모두를 고려한다. 글의 4분의 1 또는 3분의 1로 구성한다.

『문학, 내 마음의 무늬 읽기』(엑스북스, 2019)는 두 저자가 문학이 지니는 치유의 힘을 실험하면서 문학상담의 이론을 정립하고 실제에 적용하는 작업을 근간으로 한다. 책은 3부 구성으로, 1부와 2부는 문학상담의 이론적 접근이다. 1부 '미적 교육과 문학치유'에서는 문학상담의 가능성과 활동을 미적 체험과 교육의 측면에서 고찰한다. 2부 '문학상담과 문학적 프락시스'에서는 두 저자가 인문상담 전공자들에게 가르치고 연구했던 내용을 다룬다. 워크북인 3부 '내 마음의 무늬 읽기'는 독자가 실제 문학상담 과제를 수행해 볼 수 있도록 구성되었다.

[실용서 요약 예시 ②]에서 소개한 책은 진은영, 김경희의 『문학, 내 마음의 무늬 읽기』이다. 실용서를 요약할 때 가장 주목해야 할 '목차'가 선명하게 드러난다. 목차를 중심으로 한 요약은 이 책이 어떤 책인지, 어떤 이들에게 필요한 책인지, 즉 추천 대상을 언급하지 않아도 알 수 있는 요약이다. '워크북 배치로 실제 과제를 수행할 수 있도록 구성되었다'는 요약을 통해

이 책이 실용서로서 역할을 제대로 하는구나를 알 수 있다. 이처럼 실용서 요약에서는 책의 목차에 주목해서 책을 섬세하게 안내하도록 한다.

05
평전·자서전 요약하는 방법

평전과 자서전은 비슷한 듯하면서 다르다. 자서전은 저자가 자신의 일생에 대해 저술한 전기(傳記)라면, 평전은 개인의 일생에 대해 저자의 평론을 더한 전기다. 따라서 자서전은 개인의 주관적 생각과 기억, 관점이 중심이라면, 평전은 전기 대상에 대한 객관적 평가가 중심이다. 이권우 도서 평론가는 "그 사람이 살아온 이야기만큼 흥미로운 것은 없다. 소설도 작가의 상상과 문학적 가공을 거쳤지만 알고 보면 삶에 대한 이야기일 뿐이다. 그런 의미에서 날것 그대로의 삶을 담은 자서전은 더 흥미로울 수밖에 없다"고 하였다. 덧붙여, "평전은 자서전을 쓸 때 나타날 수 있는 왜곡이나 과장을 파헤쳐 더 객관성을 높인 삶의 이야기니 두루 흥미롭다"라고 한다. 평전이나 자서전을 읽는다는 것은 곧 사람을 읽는 일이다. 동시대 혹은 앞선 시대의 사람을 만나는 일이다. 소설이 다양한 인간 군상을 만날 수 있다면, 평전이나 자서전은 한 사람의 자세한 일대기를 만날 수 있다. 평전·자서전을 요약할 때는 이를 염두에 두면 된다.

평전·자서전 요약하는 방법

(1) 인물의 일대기를 중심으로 한다.

(2) 한 문단(5~6문장) 정도로 요약한다.

(3) 인물의 일화나 사건을 중심으로 한다.

(4) 평전·자서전에 나오는 다른 인물과 비교 요약한다.

평전과 자서전은 인물의 일대기를 중심으로 요약한다. 한 사람의 일생을 한 문단으로 요약하자니 막막한가? 왠지 일어났던 사건들 전부를 시간 순으로 요약해야 할 것 같은 생각에 엄두가 나지 않을 수도 있다. 평전·자서전이라는 말에서 느껴지는 묵직한 부담감이 있다면, 먼저 이것부터 내려놓고 시작해 보자. [평전 자서전 요약 예시 ①]에서 말하는 책은 고 조영래 변호사가 쓴 『전태일 평전』이다. 평전 서평의 줄거리 요약에서는 전태일이 어떤 인물인지, 그 일대기가 목차에서 잘 드러난다.

평전은 역사적 인물을 평가하는 전기이다. 한 인물을 기리려는 것이 주된 목적은 아니다. 전태일이라는 한 사람을 통해 당시 시대를 들여다보면서 그의 업적과 역할을 평가하는 것이 목적이다. 본인의 시각으로 직접 쓰는 자서전과의 차이이다. 평전이 갖는 객관성을 확보하기 위해서는 방대한 자료 수집은 물론이고, 사회 전반의 기록문화 증대와 역사 인물에 대한 객관적 평가, 이를 받아들이는 성숙한 사회 분위기가 갖춰져야 한다.

이처럼 객관적 평가가 중심인 평전은 역사 인물의 단점을 비롯해 인간적 측면도 함께 볼 수 있다. 『전태일 평전』에서 역사 인물로서만이 아니라 '사람' 전태일을 볼 수 있는 것은 이 때문이다. 사건 중심의 역사책이 들려주지 못하는 사람 중심의 역사를 만날 수 있다는 것이 평전의 강점이다. 따라서 사건 중심이 아니라 인물 중심의 한 문단, 5~6문장 정도로 요약한다.

평전·자서전 요약 예시 ①

『전태일 평전』(아름다운 전태일, 2020)은 고 조영래 변호사가 수배 생활 중 집필한 책으로 전태일 열사가 자신과 동료들이 겪었던 고통스러운 노동 현실을 알아채고 평화시장의 노동자들과 투쟁의 길로 접어드는 과정을 보여 준다. 1부에서는 배움의 꿈이 꺾이고 서울에서의 힘들었던 어린 시절을 그린다. 2부에서는 평화시장의 노동자로서 노동지옥을 경험하며 재단사로서의 고뇌가 시작된다. 3부 '바보회의 조직'에서는 아버지의 죽음과 바보회의 출발, 4부에서는 전태일의 사상을, 5부에서는 스물두 살 청년 전태일이 분신 항거로 암담한 노동 현실을 세상에 최초로 폭로하고 있다.

길을 잃지 않기 위해 '목차'를 충분히 활용한다. 목차는 책의 로드맵이다. 잘 짜인 목차에는 대상이 어떤 인물이었는지, 어떤 삶을 살았는지가 드러난다. [평전·자서전 요약 예시 ②]에서, 목차만 보아도 마르셀 라이히라니츠키라는 인물의 일대기를 파악할 수 있다.

평전·자서전 요약 예시 ②

『나의 인생―어느 비평가의 유례없는 삶』(문학동네, 2014)은 마르셀 라이히라니츠키가 남긴 유일한 자서전이며, 20세기의 비극을 돌아보는 회고록이기도 하다. 책은 총 5부로 구성되었다. 연대기 순으로서 시간의 흐름을 따르지만 크게 '역사'를 다루는 전반부와 '문학'에 무게 중심을 둔 후반부로 나눌 수 있다. 1~2부에서는 '당신은 대체 정체가 뭡니까?', '실패로 끝난 인종학 수업', '어느 미치광이의 푸념', '눈부시게 말쑥한 채찍' 등 저자의 고뇌와 수난이 시대적 사건과 맞물려 그려진다. 3~5부는 '문학, 내 삶의 기쁨', '예후디 메뉴인과 〈문학 4중주〉' 등 20개의 소챕터로 문학 말고는 의지할 데 없는 한 인간의 생존을 향한 고군분투를

증언한다. 또 아무리 가까운 사이라도 평론에서만큼은 자신의 명성과 타협하지 않는 문학평론가로서의 활약상을 다룬다.

평전·자서전 요약의 또 다른 방법은 일화나 사건 중심의 요약이다. 일화나 사건 중심의 요약은 인물을 파악할 수 있는 핵심에 다가서게 할 뿐 아니라 독자에게 흥미를 준다. 사람은 누구나 이야기를 품고 산다. 날것 그대로의 이야기는 평전과 자서전에서 만날 수 있는 특징이다. 이 특징을 십분 활용하자. 또 하나의 방법은 주변 인물과의 관계를 기술하면서 요약하는 것이다. 그가 만나는 이, 관계하는 이를 보면 그 사람을 안다고 하지 않는가. '거울 요법'으로 인물의 특성을 좀 더 명확하게 파악할 수 있다.

평전·자서전 요약 예시 ③

『신해철: In Memory of 申海澈 1968-2014』(돌베개, 2018)는 신해철의 삶과 음악에 저자 강헌이 평론가 이전에 친구로

서 바치는 헌사라고 할 수 있다. 프롤로그에서 에필로그까지 총 6장으로 구성된 책은 저자와 신해철이 만나게 된 것부터 책이 나오게 된 과정, 그리고 신해철이 데뷔하기 전부터 대학가요제로 스타덤에 오르고 솔로 활동으로 아이돌이 된 후 넥스트를 결성할 무렵까지의 행보를 그린다. 또 정치·사회적으로 행동하는 뮤지션의 모습과 신중현부터 패티김, 조용필, 산울림, 들국화, 서태지까지 이어지는 한국 대중음악사 전체를 들여다본다.

누군가를 안다는 것은 하나의 우주, 그 사람이 사유하는 세계를 만나는 일이다. 평전과 자서전은 소설처럼 허구의 이야기가 아니다. 실재하는, 실재했던 이야기다. 진짜는 강력하다. 이것이 바로 평전과 자서전이 가지는 매력이지 않을까. 이 매력을 요약에서도 놓치지 않도록 연습해 보자.

책 분야에 따른 요약의 구성 요소

분야	서평의 목적	요약 구성 요소
소설	책 소개 작품 분석과 비평 공공 담론 사회 이슈	인물 사건 배경
그림책	책 소개 심리 발달 이해 독서 지도 교육 효과 독서 진흥	인물 사건 배경 그림 정보
실용서	책 소개 정보 알림 문제 해결 방안	정보 목차 핵심어
인문 사회	책 소개 지식 교양	목차 집필 의도
평전 · 자서전	책 소개 인물 소개 사람 중심의 역사 역사 인물에 대한 객관적 평가	일대기 일화 사건 인물 비교

누군가는 '서평 쓰기도 어려운데 이렇게 책을 분야별로 분류하면서까지 써야 해?'라고 반문할 수 있다. 충분히 공감한다. 필자도 서평을 처음 배울 때 그런 생각을 했었다. 번거로웠다. 하지만 반복해서 말했듯, 내가 소개하는 책이 어떤 분야에 속하는지를 명확하게 구분해서 서평을 쓴다면 서평에서 어떤 점을 부각해야 하는지가 명확해진다. 그러니 번거롭다기보다는 반드시 고민하고 적용하는 연습이 필요하다. 내가 쓴 서평을 읽고 책을 읽어 보고 싶다는 독자가 생긴다면 이 얼마나 기쁜 일인가. 실제로 필자가 쓴 서평을 보고 거기 소개된 책을 읽게 되었다는 댓글에 기쁘기도 하고, 제대로 된 서평을 써야겠다는 책임감도 생겼다. 분야별 서평, 요약하기를 연습하지 않을 이유는 더더욱 없다. 요약하는 능력은 신이 점지해 주는 것이 아니다. 서평을 잘 쓰고 싶다면, 서평을 꾸준히 쓰면 된다. 마찬가지로 요약을 잘 하고 싶다면, 요약 연습을 꾸준히 하면 된다. 답은 꾸준함과 연습이다.

4장

인용을 잘 활용하는 방법

01
장면 묘사를 위한 인용법

자신의 글에 다른 사람의 말이나 문장을 가져와 쓰는 것을 '인용'이라고 부른다. 이렇게 말하면 어떤 이는 "그건 표절 아닌가요?"라고 묻기도 한다. 맞다, 출처를 밝히지 않고 쓴다면 문장 도둑이 된다. 표절이다. 그래서 인용할 때는 인용 부호를 넣고 출처를 분명하게 밝혀야 한다. 인용 방식은 직접인용과 간접인용으로 나눌 수 있다. 원문의 글을 그대로 가져와 삽입하느냐 아니면 인용을 사용하는 이의 표현으로 바꾸어 넣었는지에 따라 구분한다. 직접인용은 [인용 출처 예시 ①]과 같이 큰따옴표로 처리하거나 서체와 글자 크기를 본문과 달리하거나 또는 글자를 좀 더 진하게 표현하면 된다. 간접인용은 '~에 따르면', '~에 의하면' 등으로 간접인용임을 밝힌다.

출처는 몇 쪽에서 가져왔는지 쪽수를 씀으로써 밝힌다. 그렇다면 쪽수가 표시되지 않는 그림책은 어떻게 할까. 그림책 서평에서 문장이나 그림을 인용할 때는 [인용 출처 예시 ②]와 같이 인용 후 '본문에서'라고 쓴다.

발췌 출처 예시 ①

고통은 근본적으로 개인적이다. 타인의 고통을 나눈다는 것은 어려운 일이다. 하지만 타인의 고통을 이해할 수는 있다. 물론 완전한 이해란 있을 수 없지만 서로 다를 수 있다는 것만 이해하고 인정해도 서로의 삶에 드리워진 고통의 흔적은 인지할 수 있지 않을까. 이에 저자는 공동체를 언급한다. 고통이 사회구조적 폭력에서 기인했다면 "공동체는 그 고통의 원인을 해부하고 사회적 고통을 사회적으로 치유하기 위한 노력"(176쪽)을 해야 한다고 전한다.

『아픔이 길이 되려면』(김승섭, 동아시아, 2017)

오또는 바위에 기대어 쉬면서 다음으로 움직일 힘을 얻습니다. 쉰다는 것은 문제에서 한 발짝 떨어져 관찰할 수 있게 하거든요. 등잔 밑이 어둡다는 말처럼 바로 아래가 아닌 옆에서 보면 보이지 않던 게 보이기도 하잖아요.

"어쩌면 바위를 올라 지나갈 수 있을지도 몰라."(본문에서)

『바위에 가로막힌 오또』
(모 구티에레스 세레나, 곰세마리, 2024)

자칫 잊고 쪽수를 쓰지 않으면 표절이 되어 버리는데, 이런 위험을 감수하고서라도 꼭 인용을 해야 할까. 인용은 작가의 문장으로 글 쓰는 이가 하고자 하는 이야기를 객관적으로 전달하고, 작가의 검증된 권위를 빌려 글의 신뢰도를 높일 수 있는 방법이다. 그런데 적절한 인용 없이 필자의 생각만 일방적으로 발산하는 서평은 글이 반복되어 싫증이 나거나 단조로워 설득력이 떨어지기 쉽다. 특히 서평은 책을 소개하고 평가하는 글이다. 작가의 문장을 나의 글에 잘 스며들도록 인용한다면 가독성은 물론이고, 글쓴이의 생각을 더 탄탄하게 보완할 수 있다.

인용을 하는 또 다른 이유는 글에서 다루는 특정 주제에 대한 다양한 관점이나 입장을 제시할 수 있기 때문이다. 인용한 문장으로 필자가 지지하거나 비판하고자 하는 견해가 무엇인지를 명확하게 제시한다. 또한 특정한 문장이나 구절을 인용함으로써 독자의 시선을 끌고, 그다음 그에 대한 서평자의 독자적인 해석을 한다. 즉 인용했으면 책임져야 한다. 인용만 덜렁 하고 인용한 문장에 대한 해석이 없다면 하지 않은 것만 못하다. 왜 이 문장을 가져왔는지에 대한 이유, 필자만의 독자적이고 명확한 해석이 따라야 한다. 이때 주의해야 할 점은 '적절한 인용'이어야 한다는 것이다. 자신이 쓰고자 하는 글과 인용을 어떻게 버무리느냐에 따라 글이 생생하게 살 수도 있고, 그렇지 않을 수도 있다.

그렇다면, 글을 빛나게 하는 인용의 적정 분량은

어느 정도일까. 첫째, 전체 서평의 1/3 이상을 넘지 않는다. 너무 과한 인용은 이것이 과연 서평자의 생각으로 이루어진 서평일까 하는 의문이 들게 한다. 서평의 2/3 이상이 인용으로 채워졌다고 상상해 보자. 타인의 문장을 그저 퀼트 조각처럼 이어 붙인 듯한 서평은 결코 나의 글이라 할 수 없다. 인용으로만 채워진 서평을 읽고 싶은 독자는 없을 것이다.

둘째, 한 단락에서 인용은 4~5줄을 넘지 않도록 한다. 핵심 문장, 필자가 서평에서 말하고자 하는 주제에 부합하는 문장을 데리고 오자. 책 한 권, 한 단락 전체가 매력적이거나 마음을 흔드는 문장은 아니지 않는가. 오히려 종종 딱 한 문장이 주제를 담고 있거나 울림을 줄 수도 있다. 서평 주제에 맞지 않는 엉뚱한 문장은 글의 흐름을 가로막는 가림막이 된다. 인용한 문장과 필자의 글이 만났을 때는 물 흐르듯 자연스러워야 한다. 서평에서 말하고자 하는 주제에 맞는지, 인용 문장이 놓이는 자리가 적절한지 잘 구성해야 한다. 글은 구성이다. 주제가 한 쾌에 읽히는 인용 문장은 '이 책 읽어 보고 싶군' 하는 호기심을 자극한다.

서평의 품격을 높이는 인용

- 전체 서평의 1/3을 넘지 않는다.
- 4~5줄을 넘지 않는다.
- 책의 핵심 내용을 인용한다.
- 주제에 부합해야 한다.
- 문맥을 방해하지 않아야 한다.
- 작품에 호기심을 갖게 할 수 있다.
- 인용문과 서평의 제목이 조응해야 한다.
- 인용 출처를 분명하게 밝힌다.
- 인용의 이유를 설명한다.

소설은 장면 묘사가 눈에 보이는 듯해야 한다. 책을 읽는 독자가 장면만 보고도 그 장면 안에 들어가 있는 듯한 착각을 불러올 수 있도록 묘사해야 한다. 문학을 읽고 서평을 쓸 때도 장면 묘사를 인용하면 더욱 생동감 있는 글이 될 수 있다. 그렇다면 생동감 있는 서평, 문맥의 흐름, 주제와 부합하는 장면 묘사를 위한 인용은 어떻게 해야 할까. 예시를 살펴보자.

또한 작품은 '거대함'을 이야기한다. 금복이 경외하는 고래 또한 거대하다. "바다 한복판에서 갑자기 집채만 한 물고기가 솟아오른 것이었다. 부두에 처음 도착한 날 목격했던 바로 그 대왕고래였다. 몸길이만도 이십여 장에 가까운 고래는 등에 붙어 있는 숨구멍으로 힘차게 물을 뿜어냈다. 분수처럼 뿜어 올려진 물은 달빛 속에서 은빛으로 눈부시게 흩어졌다. 그녀의 배 한복판에서 뭔가 뜨거운 것이 치밀어 올랐다. 그것은 죽음을 이겨 낸 거대한 생명체가 주는 원초적 감동이었다."(65쪽) 고래는 금복의 욕망이고, 그녀가 가 보지 않은 미지의 세계다. 금복은 또 다른 세계를 향해 자신의 욕망을 키워 나간다. 하지만 끝없는 욕망은 비극적인 삶으로 귀결되면서 한낱 스러지는 연기처럼 덧없음을 보여 준다.

『고래』(천명관, 문학동네, 2004)

천명관의 『고래』를 읽고 쓴 서평 일부이다. 금복은 고래를 경외하고 거대하다고 생각한다. 서평에서 인용한 장면은 주인공 금복이 생각하는 거대함이 눈에 보이듯 생생하게 그려진 부분이다. '집채만 한', '이

십여 장에 가까운'으로 고래의 표면적 거대함을 보여주며, 소설에서 말하는 '거대함'을 명쾌하게 드러낸다. '은빛으로 눈부시게', '배 한복판에서 뭔가 뜨거운 것이 치밀어 올랐다'라는 부분으로 금복이 느끼는 경외감을 묘사한다. 이 감정은 금복이 가 보지 않은 미지의 세계와 연결된다. 미지의 세계는 두려우면서 설레기도 하지 않은가.

장면 묘사를 위한 인용 예시 ②

"그렇게 흔해 빠진 꽈리 중 곱단이네 꽈리만이 초롱에 불켜 든 꼬마 파수꾼이 된 것이다. 만득이는 어쩌면 그리움에 겨워 곱단이네 울타리 밑으로 개구멍을 내려다 말고 발갛게 초롱불을 켜 든 꼬마 파수꾼 때문에 이성을 찾은 거나 아닐까. 그렇지 않고서야 그 흔해 빠진 꽈리 중에서 곱단이네 꽈리만을 그렇게 특별한 꽈리로 만들 수는 없는 일이었다."(201쪽)

이 작품은 개인의 삶이 결코 민족이나 국가의 운명과 별개일 수 없음을 보여 준다. 만득에게 곱단은 일반화할 수 없는 여인이었고, 그 여자가 사는 집의 모든 것이 만득에게는 특별했다. 곱단이 집의 꽈리만이 꼬마 파수꾼이 될 수 있었고, 다 같은 초가집 중에서도 곱단이네 지붕은 유난히 샛노랗게 느껴졌다.

[장면 묘사를 위한 인용 예시 ②]는 박완서 작가의 단편 「그 여자네 집」을 읽고 쓴 서평 일부이다. 문장 안에 삽입한 것이 아니라 하나의 단락으로, 단독으로 인용했다. 사랑하는 이의 그 무엇은 결코 일반명사가 될 수 없듯이 만득에게 곱단이네 꽈리는 그저 흔하디 흔한 꽈리가 아니다. 인용한 부분은 그 특별한 꽈리가 있는 울타리의 장면을 묘사한 것이다. 만득에게 곱단이네 울타리 꽈리는 '발갛게 초롱불을 켜 든 꼬마 파수꾼'으로 보인다. 얼마나 특별한 꽈리인가. 만득에게 곱단이 어떤 존재인지가 이 장면 묘사만으로도 충분히 설명된다. 이처럼 장면 묘사를 위한 인용은 서평의 주제에도 맞으면서 생동감이 느껴지고, 그 장면만으로도 책이 궁금해지는 부분이어야 한다. 이럴 때 필자의 글이 빛날 수 있다.

02
상황 설명을 위한 인용법

인용은 글을 좀 더 효율적으로 쓰기 위한 방법의 하나이다. 인용은 글을 명확하게 하거나 주장을 뒷받침한다. 서평을 쓰다 보면 간혹 상황을 설명해야 할 때가 있다. 설명을 논리적으로 깔끔하게 써 내려 가기란 쉽지 않다. 구구절절하기 쉽다. 서평은 독자가 있는 글이다. 길을 잃어서는 안 된다. 서평 주제를 잘 전달하기 위해서는 논리적이어야 한다. 적절한 인용으로 상황을 설명해 보자. 보다 읽기 편하고, 핵심 주제도 더 잘 전달할 수 있을 것이다.

"부모님을 생각해서 꾹 참지 않았다면 이미 오래전에 사표를 냈겠지. 사장 앞으로 걸어 나아가서 내 마음속 깊은 생각을 털어놓았을 거라고."(106쪽)

그레고르는 가족을 위해 싫은 일을 억지로 하며 돈을 번다. 그는 노동과 가족으로부터 철저히 소외되고 도구화된 자본주의 사회의 전형적인 노동자의 모습을 보여 준다. 그레고르에게 자신의 삶은 없다. 그레고르는 개인의 삶이 아닌 부모의 삶, 가족의 삶을 살아야 하는 가족주의 담론에 속박된 인물이다. 이런 가족관계에서 가족 간의 친밀감과 이해는 기대할 수 없다. 가족들은 젊고 노동력이 충분히 있음에도 불구하고 그레고르에게 의존해서 살아간다. 하지만 그레고르가 벌레로 변해 경제력을 잃자 가족들은 경제 활동에 뛰어들 수밖에 없다. 이는 가족이라는 이름으로 한 사람의 삶을 착취하며 살아가는 전형적인 가족 이데올로기의 반증이다.

『변신·어느 개의 연구』(프란츠 카프카, 그린비, 2024)

프란츠 카프카의 「변신」은 '그레고르 잠자'라는 등장인물이 흉측한 벌레로 변한 자신의 모습을 발견하는 것으로 시작한다. 어느 날 아침 그레고르 잠자가 잠에서 깨어났을 때 그는 벌레가 되어 있었다. 회사 관계자가 찾아오지만 그는 자신의 의지대로 회사에 나갈 수가 없다. 하지만 가족을 생각해서 회사에 가야 한다고 안간힘을 쓴다. 자신이 벌레가 되었는데도.

[상황 설명을 위한 인용법 예시 ①]은 가족을 위해 자신의 삶을 뒤로하고 경제 활동을 하는 그레고르의 상황을 인용한다. 글쓴이는 그레고르가 처한 상황 그 너머를 포착한다. 사표를 내고 싶어도 내지 못하는 그레고르는 가족주의 담론에 속박된 인물이다. 이처럼 주인공의 상황 일부를 인용해 거대 담론까지 펼칠 수 있다. 상황 설명을 위한 인용에서 잊지 말아야 하는 것은 '연관성'이다.

상황 설명을 위한 인용 예시 ②

"쁘라스꼬비야 표도로브나 골로비나는 비통한 마음으로 친지 여러분께 사랑하는 남편, 항소법원 판사 이반 일리치

골로빈이 1882년 2월 4일 운명하였음을 삼가 알리는 바입니다. 발인은 금요일 오후 1시입니다."(8쪽)

소설은 판사였던 이반의 죽음을 동료들이 신문 부고란에서 알게 되는 장면으로 시작한다. 그들은 이반을 사랑했던 동료들이었다. 하지만 이반의 사망 소식을 듣고 그들이 가장 먼저 떠올린 것은 직장에서 자신들의 자리 이동이나 승진에 관한 것이었다. 비단 직장에서의 보직 변경에 대한 것뿐만 아니라 "아주 가까운 사람의 사망 소식을 들은 사람들이 누구나 그러듯이 그들도 죽은 게 자신이 아니라 바로 그라는 사실에 안도감"(10쪽)을 느끼기도 한다. 이렇듯 사람들은 본질적으로 타인의 고통과 아픔에 관심이 없을 수도 있다. 하지만 그 누가 이반의 동료들을 탓할 수 있을까. 미안하지만 우리는 타인의 고통을 이용해 인생을 배우기도 하고 그 고통의 당사자가 내가 아니어서 다행이라 생각하기도 한다. 톨스토이는 인간 내면에 자리하고 있는 보편적인 이기심을 이반의 고통과 좌절을 통해 소설 속 상황으로 통찰력 있게 보여 줄 뿐이다. 이반 또한 자신의 죽음을 조우하고 난 후 지나온 삶을 되돌아보지 않는가.

『이반 일리치의 죽음』(레프 니콜라예비치 톨스토이, 창비, 2012)

　　『이반 일리치의 죽음』의 주인공 이반은 유능한 판사로 남부럽지 않은 생활을 한다. 하지만 성공의 정점에서 갑자기 원인 모를 병에 걸려 서서히 죽어 간다. [상황 설명을 위한 인용 예시 ②]에 있는 인용은 신문에 실린 이반의 부고이다. 글쓴이는 이반의 부고 장면을 인용해 살아남은 자들의 심리를 여과 없이 보여 준다. 타인의 고통과 슬픔은 인간의 이기심 앞에서는 아무런 힘을 쓰지 못한다. 이반의 부고 상황을 통해 인간의 일상 모습과 내면 심리까지 읽을 수 있음을 알려 주는 예시이다. 짧은 인용에서 독자는 이반의 내면을 통해 자신의 삶에 대한 질문과 마주하게 된다.

앞의 예시에서 살펴보았듯이 적절한 인용은 그 자체로 글쓴이의 글을 빛나게도 하지만 질문을 불러오고 그 너머를 사유하게 한다. 이처럼 인용은 또 다른 독창성 있는 글을 탄생시킨다.

03
나만의 비평을 위한 인용법

서평은 객관과 주관이 혼합된 글쓰기이다. 책 내용을 객관적으로 알려 주고 글쓴이의 관점을 자신의 해석으로 평하는 글이다. 즉 비평이다. 비평이 빠진 서평은 엄밀히 말하면 서평이라 할 수 없다. 하지만 대부분 서평에서 가장 어려워하는 부분 역시도 비평이다. 비평은 평론가들이나 하는 전문 분야로 생각하다 보니 접근하기가 쉽지 않다. 조금만 생각을 바꿔 보자. 책을 읽고 나면 좋았던 점, 아쉬웠던 점이 있을 것이다. 비평의 주체는 '나'다. 좋고 아쉬운 감정은 지극히 주관적이다. 주관의 감정에서 객관적 비평으로 시점이동이 필요하다. '나'라는 1인칭 주어를 '책', '작가', '독자', '주인공' 등을 데려와 그들의 언어로 시점을 이동한다. 이것이 바로 비평이고 서평이다.

비평은 책을 읽은 관점이다. 내가 이 책을 어떻게 읽었는지에 대한 생각이다. 서평 수업에서 별점을 매겨 책을 평해 보라고 하면 어떤 독자는 작가가 공들여 쓴 책을 내가 뭐라고 평하겠느냐며 별점 매기기를 꺼린다. 하지만 너무 겸손하면 비평하기가 어렵다. 비평은 작가를 평하는 것이 아니라 작품을 어떻게 보았는지에 대한 나의 관점이다. 어떤 작품이 좋았던 이유와 아쉬웠던 이유가 있을 것이다. 그 이유를 조금 구체적으로 표현하면 비평이 된다. 작품이 좋았다면 무엇이, 어떻게, 왜 좋았는지, 아쉬웠다면 왜 아쉬웠는지에 대한 이유를 책에서 근거를 찾아 말한다. 그럼 더없이 훌륭한 비평이 된다. 비평을 두려워하지 말자. 책을 읽고 서평을 쓸 때는 겸손은 조금 멀리 떨어뜨려 놓자.

책을 읽을 때는 질문하며 읽으라고 한다. 작품이 던지는 주제, 주인공의 행동, 저자의 견해에 질문을 던질 때 사유하게 된다. 책을 읽을 때 저자나 작가의 견해에 물음표가 생기는 부분이 곧 비평의 부분이다. 무조건 네, 네 하는 긍정 독서는 작가에게도 독자에게도 별 도움이 되지 않는다. 작가가 원고를 썼던 시간이 귀하게 생각된다면 더더욱 비평해야 한다. 날카롭고 정확한 관점으로 작품을 꿰뚫어 보는 시선을 길러야 한다. 전문 비평가가 되라는 말이 아니다. 관점을 명확하게 정리하는 연습을 하라는 말이다. 명확한 관점은 서평 쓰기에 날개를 달아 줄 수 있다.

그런데 비평을 하고 싶어도 어떤 부분을 다뤄야 할지 감이 잡히지 않는 독자도 있다. 앞에서 책을 읽으면서 궁금하거나 질문이 생기는 지점이 비평의 부분이 될 수 있다고 했다. 여기에 덧붙여 비평의 기준이 되는 요소들을 알아 두면 비평하기가 조금 더 수월하다.

서평의 비평 요소

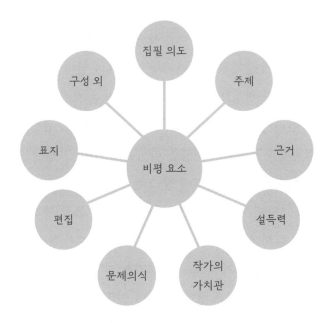

책에 따라 비평의 요소는 다를 수 있다. 위에 제시한 비평의 요소는 장르 관계없이 기본으로 염두에 두면 서평 쓰기에 도움이 될 것이다. 그렇다면 나만의 비평을 위한 인용은 어떻게 해야 할까.

소설집 『러브 레플리카』(문학동네, 2016)는 '소설'에 충실했다. 소설의 사전적 정의는 '작가의 상상력 또는 사실에 바탕을 두고 주로 허구로 이야기를 꾸며 나간 산문체의 문학 양식'이다. 상상력과 허구는 윤이형의 소설을 채우는 낱말이다. 상상력으로 충만한 소설이지만 지향점은 분명했다. 작가는 소설을 통해 인생을 표현하고 인간성을 탐구한다. 그럼에도 이 소설집의 단편들은 친절하지 않다. 의문투성이로 시작되는 이야기는 끝이 나도 해소되지 않는다. 결말을 열어 놓고 설명 없이 끝내는 그의 소설 방식에 어떤 독자는 작가의 무책임을 운운할 수도 있다. 환상과 현실을 오가는 시공간은 소설의 불친절을 더 부추기기도 한다.

하지만 작가는 "어떤 일들은 그저 어쩔 수 없고 어떤 일들은 노력해도 나아지지 않으며 함께 살아야 한다고 말하지만 우리는 어떤 사람들과는 함께 살 수 없"(150쪽)듯이 때로는 합리적으로 설명되지 않는 삶이 있기에 소설에서도 이유를 설명할 수 없는 인물들을 그리게 된다고 밝힌다. 문단에서는 윤이형의 소설을 "장르의 빗장을 푸는 역할에 한몫을 했다"(347쪽)고 평하기도 한다. 이것이 이 소설집의 가치이지 않을까. 순문학에서 SF 장르를 차용하는 작가는 과학이 중심인 SF는 이야기를 만드는 과정 자체가 과학적이라 끌렸다고 한다. 그럼에도 그의 소설은 장르 소설에서 중시하는 형식보다는 내용에 더 무게 중심을 둔다. 작가가 환상 세계에서도 일관성 있게 그려 내는 삶, 희망 등의 키워드는 그녀의 소설을 장르 소설이라 하지 않는 이유이기도. 부유(浮游)한 이야기로 땅을 딛고 있는 소설, 윤이형의 소설이다.

『러브 레플리카』는 윤이형의 소설집이다. 표제작 포함 총 8편의 작품이 실렸다. [나만의 비평을 위한 인용 예시 ①]에서는 문장과 문장 사이에 인용 문장을 넣어 기존 문장들로는 설명되지 않았던 등장인물과 소설집의 구성을 비평한다. '장르의 빗장을 푸는 역할에 한몫을 했다'라는 인용구를 뒷받침함으로써 순문학과 장르 소설에 대한 비교 이해를 도울 뿐 아니라 이 소설의 가치를 강조한다.

나만의 비평을 위한 인용 예시 ②

"자기 자신에 대해 비판적 거리를 유지하기, 각자 차별화된 자아상 만들어 가기, 그 자아상을 마지막 순간까지 끊임

없이 새롭게 고쳐 나가며 발전시키기, 자기 인식을 넓혀 가기, 자신만의 생각과 감정과 기억을 갈고닦기, 소리 없이 이루어지는 타자의 조종을 명료히 꿰뚫어 보고 방어하기, 그리고 자기 목소리 찾기."(38쪽)

처세술을 이야기하지 않지만 이 책을 읽고 나면 자기 삶의 주인이 되고자 걸음 딛게 하는 울렁임이 있다. 페터 비에리는 행복하게 살아가기 위해 어떻게 살아야 할까라는 삶의 본질적인 질문을 던지고 이를 차근차근 풀어 나간다. 이처럼 저자가 자신의 삶을 직조해 나가는 수많은 결정들 앞에서 조언하는 '자기 결정'의 방법은 낯설지 않다. 지극히 당연하고 언제나 지켜져야 할 것뿐이다. 당연함에 매몰된다면 자칫 책 속 글자로만 남을 수도 있지만 원론적인 당연함을 당연시하지 말라는 소리로 듣는다면 이는 페터 비에리가 던지는 해법이 될 수 있지 않을까.

『자기 결정』(페터 비에리, 은행나무, 2016)

[나만의 비평을 위한 인용 예시 ②]에서는 인용문을 하나의 단락으로 인용한다. 그리고 인용한 문장에 대해 이어지는 비평으로 뒷받침한다. 인용은 4~5줄을 넘지 않아 독자의 입장을 고려한다. 인용은 잘 하면 글의 묘미를 살게 하는 약이 되지만 과한 인

용은 독이 되어 하지 않은 것만 못하다. 어떤 이는 수 없이 친 밑줄을 여기저기에 인용해 누더기 서평을 만든다. 또한 한 단락 인용에도 자기 생각과 감정에 빠져 4~5줄을 훌쩍 넘는 인용을 한다. 이는 독자를 고려하지 않은 글쓰기다. 과한 인용은 서평을 모호하게 하고, 독자를 혼란스럽게 한다. 서평은 독자 중심의 글인 만큼 인용에서도 잊지 말아야 한다. 저자는 '자기 자신에 대해 비판적 거리 유지하기', '자기 인식을 넓혀 가기' 등 아주 평범하고 일반적인 '자기 결정' 방법을 제시한다. 하지만 필자는 이를 그저 진부한 방법으로 치부하지 않고, 이를 페터 비에리가 던지는 해법으로 비평한다.

비평이 해석과 다른 점이 있다면 보다 뚜렷한 근거를 지닌다는 사실이다. 해석은 자유지만 비평은 근거가 있는 '작품'이다. 어떤 비평이라도 근거를 보여주어야 하고 그 근거에 뚜렷한 설명을 보충해야 한다.

서평에서 비평할 때는 저자의 생각에 무조건 매몰되어서는 안 된다. 물론 잘 써진 책일수록 설득력 있는 서술이 이어지기에 공감되는 부분이 많을 수 있다. 그런 중에도 서평자는 매의 눈으로 비평 지점을 찾는 연습을 해야 한다. 그렇다고 해서 비평이 책의 아쉬운 점을 찾아 지적하는 것만은 아니다. 책이 지니는 가치와 특징이 무엇인지 서평자의 관점으로 정확하게 분석하고 평가하는 것이다.

그림책 서평의 비평 요소

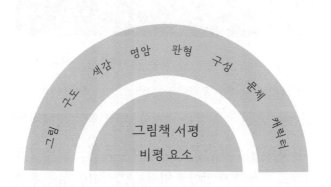

색감 명암 판형 구성
구도   문체
글감   캐릭터

그림책 서평
비평 요소

그림책은 그림을 빼고 이야기할 수 없는 책이다. 따라서 비평에서도 그림을 놓치지 않아야 한다. 그림의 구도는 어떤지, 색감, 명암 등에 대한 섬세한 비평을 한다. 그림책을 좀 더 깊고 넓게 읽을 수 있을 것이다. 그럼 그림책의 인용을 살펴보자.

　　[나만의 비평을 위한 인용 예시 ③]은 안혜경 작가
의 『거미와 농부』(곰세마리, 2024)의 한 장면이다. 먼
저, 그림의 크기에 관해 비평할 수 있다. 그림에서는
사람의 모습 전체를 보여 주지 않는다. 농부의 모습을
전체로 보여 주지 않아서 어떠한지, 장화를 신은 커다
란 발과 벌레들을 잡기 위한 약을 뿌리는 분무기의 크
기는 어떠한지 등이 모두 비평의 지점이다. 농부에 비
해 거미의 크기는 어떠한가. 거미와 벌레의 크기를 지
금보다 조금 더 작게 그려 농부의 행위를 좀 더 극대
화할 수도 있을 것이다. 그림에서 인간의 마음을 읽을

수 있다. 이처럼 그림책에서 인용을 반드시 글에 한정할 필요는 없다. 때로는 그림 인용으로도 충분하다. 단, 저작권의 문제가 있을 수 있으니 허용되는 범위를 미리 알아보고 그림 인용을 한다.

서평 제목을 위한 인용법

글에서 제목은 첫인상이다. 글의 기-승-전-결을 모두 담은 압축된 낱말 또는 하나의 문구이다. 매력적인 제목은 호기심을 불러일으킨다. 책을 읽고 싶게 하고 글 내용을 궁금하게 한다. 필자는 오직 제목에 끌려 책을 사거나 글을 읽기도 한다. 그런데 간혹 책을 읽고 난 후 '이건 뭐지' 하는 실망감에 허탈할 때도 있다. 제목이 책의 주제를 충분히 담지 못했거나 제목과 글 내용이 서로 어울리지 못한 경우이다. 제목과 글은 서로 스며들어야 한다. 따로국밥처럼 각각 존재하기보다는 비빔밥처럼 각 재료가 서로 버무려져 하나의 작품이 되어야 한다. 잘 쓴 서평은 제목부터 다르다. 제목만 보고도 서평이 어떤 주제를 담는지 충분히 알 수 있어야 한다.

인용은 핵심적인 부분, 주제가 잘 드러나는 부분으로 글의 주변이나 지엽적인 부분은 피한다. 또한 서평의 제목과 서평 내용이 잘 조응하는지 확인한다. 서평의 제목은 글쓴이의 글을 한 낱말이나 한 줄로 요약한 것이다. 자신이 책을 어떻게 읽었는지 핵심이 드러나는 것이 제목이다. 서평을 처음 쓰는 이들이 가장 많이 하는 실수 중 하나는 책 제목을 그대로 서평 제목으로 쓰는 것이다. 또 다른 하나는 서평의 제목을 아예 쓰지 않는 것이다. 서평은 책을 읽고 자신의 관점을 담아 쓴 글이다. 인디언들이 그 사람을 잘 드러내는 이름을 짓듯 서평에서 말하고자 하는 주제를 제대로 담은 서평 제목을 지어 보자.

서평 제목 예시 ①

『불량소년과 그리스도』를 읽고

『필경사 바틀비』를 읽고

『외투』를 읽고

서평 제목 예시 ②

책 제목	서평 제목
에드워드 사이드, 『지식인의 표상』	현대의 지식인들이여, 아마추어로 돌아가라
커트 보니것, 『나라 없는 사람』	유머는 아스피린처럼 아픔을 달래 준다
코맥 맥카시, 『로드』	절망의 끝은 희망의 시작인가
프란츠 카프카, 「변신」	누구의 변신인가

[서평 제목 예시 ①]과 같은 제목은 글쓴이가 이런 책을 읽었어요, 정도의 정보만 알려 줄 뿐, 읽은 책이 어떤 내용을 담고 있는지 전혀 추론할 수가 없는 제목이다. [서평 제목 예시 ②]와 같이 글쓴이가 책에서

어떤 주제로 어떤 부분에 주목했는지 드러나야 한다. 제목을 정하고 글을 쓴 후 글과 제목이 서로 잘 조응하는지 점검해 보자.

- ◦ 서평 주제가 드러나는가
- ◦ 입체적인가
- ◦ 호기심이 생기는가
- ◦ 매력적인가
- ◦ 독자 중심의 제목인가

제목만 봐도 책을 읽고 싶은 호기심이 생기는지, 글쓴이 중심이 아닌 독자 중심에서 쓴 글, 제목인지 다시 한번 확인한다. 필자 중심에서 쓴 글은 내용뿐 아니라 제목 또한 단편적이다. 진부함을 벗어난 제목은 살아 있다. 생동감이 있고 입체적이다. 독자를 끌어당기는 요소이다. 하지만 멋진 제목을 뽑기란 쉽지 않다. 꾸준히 연습하는 수밖에. 서평을 쓴 후 읽고 또 읽으며 제목과 잘 어울리는지, 누구나 쓸 수 있는 밋밋한 제목은 아닌지 고민하며 여러 번 고쳐 보자.

서평 수업에서 어떤 이들은 제목부터 정하고 글을 시작해야 하는지, 서평을 쓴 후 제목을 정해야 하는지 모르겠다며 질문한다. 필자는 "법으로 정해져 있는 게 아니니 편하게 하세요"라고 답하고 웃으며 덧붙인다. 먼저 자신이 쓸 서평을 정한 후 서평에서 말하고자 하는 주제가 분명하게 드러나는 제목을 정하고 글을 쓴다. 서평을 다 쓴 후 제목이 이 서평에 적절한지 검토한다. 서평을 쓰는 과정에서 개요로 작성한 것과 실제 서평이 달라질 수 있을 테니 말이다. 그렇다면 서평에 맞는 제목으로 수정한다. 제목을 수정할 때 쓴 서평을 다시 읽고 글 안에서 제목을 찾는 것도 방법이다.

서평 제목을 위한 인용 예시 ①

누구의 변신인가
— 『변신·어느 개의 연구』(프란츠 카프카, 그린비, 2024)

"그레고르 잠자는 어느 날 아침 뒤숭숭한 꿈에서 깨어났을

때 자신이 흉측한 벌레로 변해 침대에 누워 있는 것을 발견했다."(104쪽)

프란츠 카프카의「변신」은 '그레고르 잠자'라는 등장인물이 흉측한 벌레로 변한 자신의 모습을 발견하는 것으로 시작한다. 카프카는「변신」에서 '어느 날 갑자기 문득'으로 묘사한다. 어느 날 아침 그레고르 잠자가 잠에서 깨어났을 때 그는 흉측한 벌레가 되어 있었다. 회사 관계자가 찾아오지만 그는 자신의 의지대로 회사에 나갈 수가 없다. 하지만 그는 가족을 생각해서 회사에 가야 한다고 안간힘을 쓴다. 자신이 흉측한 벌레가 되었는데도 말이다.

그레고르 가족은 아버지, 어머니, 누이동생 그레테까지 2세대로 구성된 전형적인 핵가족 형태이다. 그레고르가 어느 날 아침 혐오스러운 벌레의 모습으로 변한 건 이 가족의 평온했던 일상을 깨는 사건이며, 그레고르가 가정생활과 사회생활 모두 불가능해졌음을 의미한다. 내가, 당신이 흉측한 벌레로 변했다고 가정해 보자. 가장 큰 충격과 어려움을 겪을 사람은 당사자이다. 하지만 작품은 그레고르의 입장에서 겪게 될 어려움은 터부시되고 지금까지 평온했던 가정 질서를 깨는 것에 초점이 맞춰진다. 이는 그레고르가 이 가족 중 유일하게 가정 경제를 책임지는 인물로 그려지기 때문이다. 그는 5년 전 아버지의 가게가 파산한 후 외판 사원이 되어 부모가 진 빚을 상환하고 가족의 경제를 전적으로 떠맡고 있었다.

[서평 제목을 위한 인용 예시 ①]은 프란츠 카프카의「변신」을 읽고 쓴 서평 일부이다. 이 소설은 주인공 그레고르 잠자가 어느 날 아침 한 마리 흉측한 벌레로 변한 모습에서 시작한다. 여기서 독자가 표면적으로 읽을 수 있는 '변신'의 주인공은 그레고르 잠자이다. 그리고 이 서평의 제목은 '누구의 변신인가'이다. 만약「변신」을 읽지 않은 독자라면 의문형의 서평 제목을 보고 궁금할 것이다. 서평에서 가장 먼저 보여 주는 부분도 잠자가 흉측한 벌레로 변한 대목의 인용으로서, 제목을 뒷받침한다. 하지만 제목에서 궁금증을 유발하듯 인용에서도 모두 보여 주지 않는다. 잠자 외에 변신한 누군가가 있다는 것을 유추할 수 있지만 '누군가'에 해당하는 인물이 누구인지 스포일러하지 않는다. 그러니 서평을 읽게 되고, 책이 궁금해진

다. 과연 누구의 변신인지, 잠자는 왜 변신했고, 또 다른 누군가의 변신이 있다면 그들은 왜 했을까. 질문을 품은 서평 제목은 그 자체로 논쟁의 지점이다. 독자의 참여를 유도한다. 「변신」을 이미 읽은 독자들이라면 더 깊이 사유하고, 서평자의 비평을 읽으며 또 다른 관점을 만날 수 있다. 아직 책을 읽지 않은 독자라면 책이 읽고 싶어진다.

서평 제목을 위한 인용 예시 ②

유머는 아스피린처럼 아픔을 달래 준다

— 『나라 없는 사람』(커트 보니것, 문학동네, 2016)

토요일마다 국민은 광장으로 촛불을 들고 나갔다. 대통령의 하야를 외치고, 탄핵을 부르짖었다. 2016년을 마무리하는 시점의 대한민국 모습이다. 이 시기 뉴스 시청률은 개그 프로그램을 월등히 앞섰다. 미국의 작가 커트 보니것은 『나라 없는 사람』에서 "유머는 인생이 얼마나 끔찍한지를 한발 물러서서 안전하게 바라보는 방법이다. 그러다 결국 마음이 지치고 뉴스가 너무 끔찍하면 유머는 효력을 잃게 된다"(126쪽)고 했다. 유머가 효력을 잃은 나라. 2016년의 대한민국이다. 블랙 유머가 광장을 떠돈다.

(중략)

국내에서 아직 활발히 출간되지 않아 그의 작품을 다양하게 만나지 못하는 게 아쉽다. 하지만 사회적 약자를 위로하는 휴머니스트, 그만이 구사할 수 있는 강렬한 블랙 유머 한 자락을 만나고 싶으면 『나라 없는 사람』 읽기를 권한다. 그의 유머가 아스피린처럼 아픔을 달래 줄 것이다.

"내가 정말로 하고 싶었던 일은 사람들에게 웃음으로 위안을 주는 것이었다. 유머는 아스피린처럼 아픔을 달래 준다. 앞으로 백 년 후에도 사람들이 계속 웃는다면 아주 기쁠 것같다."(127쪽)

"유머는 아스피린처럼 아픔을 달래 준다"라는 제목은 '유머'와 '아픔'을 등치시켜 균형감을 준다. 아스피린이 아픔을 낫게 하듯 위로를 준다. 유머가 세상사에서 어떤 역할을 하는지, 서평의 제목과 이를 뒷받침하는 인용문에서 보여 준다. 서평 제목은 서평의 핵심을 응축한다. 또한 글쓴이가 독자에게 전하고자 하는 메시지를 강조하는 역할을 한다.

05
글의 처음과 마무리를 위한 인용법

서평을 쓰며 첫 문장, 첫 문단 쓰기를 어려워하는 이들이 생각보다 많다. 이들은 "이상하지요. 책 읽을 때는 참 재미있었는데, 막상 서평을 쓰려니 무슨 말부터 어떻게 시작해야 할지 모르겠어요"라고 호소한다. 글을 시작하지 못하는 것은 생각이 정리되지 않아 머릿속이 뒤죽박죽이기 때문일 수도, 글을 잘 써야겠다는 마음이 커서 오히려 독이 되는 경우일 수도 있다. 특히 서평에서 글을 시작하지 못한다면 거꾸로 생각해 보자, 나의 책 읽기가 어떠했는지를.

서평 쓰기의 시작은 읽기부터이다. 책을 읽을 때

토론이나 서평, 독후감 쓰는 것을 전제로 책을 읽었는지 생각해 보자. 출력을 전제로 하는 읽기는 그냥 읽는 것과는 다르다. 글 쓰기를 의식하는 읽기는 훨씬 능동적이다. 인상 깊은 부분은 포스트잇을 붙여 두거나 책의 여백에 메모하거나 밑줄 긋기로 발췌(인용)할 부분을 표시하며 읽는다. 또 작가나 저자의 견해에 물음표가 생기는 부분을 메모하며 읽는다. 서평에서 비평 부분이 될 수 있기 때문이다. 글쓰기 곳간에 식량을 모아 두는 것과 같다. 언제든 꺼내 쓸 수 있는 문장이 있으면 백지 앞에서의 막막함이 줄어든다. 글쓰기는 곧 '구성'이다.

저자 사이토 다카시는 『독서력』(웅진지식하우스, 2015)에서 글을 쓸 목적으로 책을 읽는다면 '세 가지 색 펜 사용하기'를 권한다. 자신의 글에 반드시 인용할 곳에는 빨간색 펜으로, 그다음 중요한 부분에는 파란색, 그리고 개인적으로 흥미롭다고 느낀 부분에는 초록색 줄을 치며 읽으라고 한다. 빨간색과 파란색 펜은 객관적으로 중요한 부분, 즉 작가나 저자가 중요하게 말하는 부분이다. 초록색 펜으로 그은 밑줄은 주관적 발췌에 해당한다. 책의 주제와는 상관없이 내가 재미있고 감동한 부분이다. 그가 제안하듯 꼭 삼색이 아니어도 괜찮다. 필자는 책을 읽을 때 색깔 인덱스를 옆에 두고 읽는다. 논제를 발제하기 위한 부분에는 노란색 인덱스를 붙인다. 책이 던지는 주제와 연관된 부분에는 붉은색 계통의 인덱스를 사용하고, 개인적으로 와닿는 문장에는 (하늘을 좋아하니) 푸른색 계통의 인덱스를 붙인다. 자신만의 구분법을 활용함으로써 이미 밑줄 긋기부터 주관과 객관이 구별되는 책 읽기는, 서평 쓰기를 훨씬 수월하게 한다.

인용할 부분 발췌법

일인칭 발췌	삼인칭 발췌
내가 감동한 문장 내가 재미있게 읽은 문장 내가 흥미롭게 읽은 문장 내가 유익하게 읽은 문장 내가 궁금한 문장(공감/비공감의 문장)	작품의 주제가 드러나는 문장 작가(저자)가 전하는 메시지 작가(저자)의 문체가 드러나는 문장 독자나 전문가들이 높이 평가하는 부분

발췌도 일인칭과 삼인칭으로 구분할 수 있다. 내가 감동하거나 재미있었던 부분이 다른 사람에게는 그렇지 않을 수 있다. 즉 지극히 주관적이다. 주어가 '나'이다. 이는 곧 일인칭 발췌이다. 반면 삼인칭 발췌는 개인의 흥미보다는 작품의 주제라든가 작가가 강조하는 부분의 발췌이다. 객관적이다. 서평을 쓸 때도 주어가 '작품(소설)은', '작가는' 등의 삼인칭이다.

간혹 책에서 공감되는 부분이 많아 밑줄을 여러 곳에 쳐 어디를 어떻게 서평에 인용해야 할지 고민이라는 이들을 만난다. 그럴 수 있다. 너무 많은 선택지가 주어지면 오히려 선택하기가 어려워지기 때문이다. 이럴 때는 자신이 쓸 서평 주제가 무엇인지 생각해 보자.

일인칭 발췌라고 해서 서평에 인용할 수 없는 것이 아니다. 내가 궁금한 문장, 즉 작가나 저자의 견해에 공감했거나 공감하지 못했던 부분의 발췌는 서평자의 관점으로 객관적인 비평을 할 수 있는 부분이다. 따라서 주관적 발췌와 객관적 발췌를 균형 있게 배치한다. 단, 이때 주의할 점은 일인칭 발췌든, 삼인칭 발췌든 서평 주제에 가장 근접한 문장을 밀도 높게 인용해야 한다는 것이다. 글은 연결이다. 한 편의 글은 문장의 연결, 단락의 연결로 이루어진다. 첫 문장, 첫 단락의 시작이 어려운가. 글의 처음과 마무리가 어렵다면 발췌를 해 둔 문장을 활용해 보자. 문장과 문장, 단락과 단락 사이에 인용이라는 디딤돌을 놓아 연결해 보자.

글의 처음과 마무리를 위한 인용 예시 ①

"우리 몸은 스스로 말하지 못하는 때로는 인지하지 못하는 그 상처까지도 기억하고 있습니다. 몸은 정직하기 때문입니다. 물고기 비늘에 바다가 스미는 것처럼 인간의 몸에는 자신이 살아가는 사회의 시간이 새겨집니다."(22쪽)

8월의 뜨거움으로 온 나라가 펄펄 끓던 여름 어느 날, 한 대학교 청소노동자였던 한 분이 세상을 떠났다. 경찰은 그의 죽음을 심장질환으로 인한 병사라고 했다. 심장질환은 생활환경, 특히 온도가 그 발생에 결정적이란 것을 모르는 사회는, 그가 근무한 휴게실의 열악한 노동 환경은 아무런 문제가 없다는 듯 조명했다. 언론에 공개된 휴게실은 그야말로 휴게실이란 낱말이 무색할 만큼의 환경이었다. 창문 하나 없는 그곳은 사회와의 단절, 세상과 구분 짓는 공간일 뿐이었다. 그의 죽음을 그저 질병으로 인한 불행이라고 치부해야 할까. 사회역학자 김승섭은 『아픔이 길이 되려면』(동아시아, 2017)에서 사회적 약자의 건강이 사회의 감정과 제도에 얼마나 영향을 받는지를 밝힌다. 질병을 앓는 것, 어느 청소노동자의 심장질환을 단순히 그의 건강 문제가 아닌 사회의 구조적 원인으로 살펴야 하는 것처럼 말이다.

『아픔이 길이 되려면』은 고용 불안, 차별, 혐오 등 사회적 상처가 어떻게 우리 몸을 아프게 하는지, 사회의 변화 없이 과연 개인이 건강해질 수 있는지 사회역학의 여러 연구 사례와 함께 이야기한다. [글의 처음과 마무리를 위한 인용 예시 ①]은 '몸에 새겨지는 사회의 시간' 부분을 인용하면서 시작한다. 이어, 사회의 시간이 어떻게 몸에 새겨지는지를 인용 바로 다음에 청소노동자의 죽음을 사례로 풀어 준다. 이 사례는 책에서 말하는 사회적 약자의 건강이 사회의 감정과 제도에 영향을 받는다는 것과 연결되어 책 소개로 들어간다. 인용을 시작으로 사례, 그리고 책 소개로 이어지는 흐름이 안정적이고 자연스럽다. 이처럼 첫 문장의 두려움이 있다면 인용으로 시작해 보자. 서평의 주제와 맞닿는 문장을 찾아 시작하면 막막하지만은 않을 것이다.

글의 처음과 마무리를 위한 인용 예시 ②

"사람들이 나보고 맘충이래."(164쪽)

'맘충'은 엄마를 뜻하는 '맘'(Mom)의 뒤에 혐오의 의미로 '벌레 충'(蟲)을 붙인 비속한 신조어다. 이는 제 아이만 싸고 도는 일부 몰상식한 엄마를 가리키거나 공공장소에 아이들을 데리고 오는 젊은 엄마들에 대한 혐오를 드러내는 용어로 사용된다. '맘충'은 육아하는 엄마 대부분에게 무차별적으로 사용돼 여성들에게 상처를 주기도 한다. 2014년 말 '맘충' 사건이 발생했다. 작가 조남주는 이 사건으로부터 육아하는 여성에 대한 사회의 폭력적인 시선에 충격을 받아 『82년생 김지영』(민음사, 2016)을 쓰기 시작했다.

[글의 처음과 마무리를 위한 인용 예시 ②]는 『82년생 김지영』을 읽고 쓴 서평 일부이다. 책의 한 문장을 인용하면서 시작한다. 인용한 문장에서 중요한 낱말 하나, '맘충'. 낱말 하나만으로 이 책이 어떤 이야기를 할지, 서평을 쓰는 이가 어떤 말을 하고 싶은지 짐작이 되고 호기심이 생긴다. 예시에서 볼 수 있듯 인용은 되도록 글의 핵심적이고 독창적인 부분, 서평자가 말하고자 하는 서평 주제와 맞닿는 핵심 문장이어야 한다.

글의 처음과 마무리를 위한 인용 예시 ③

마루야마 겐지의 도발적인 직설화법은 독자에 따라 불쾌하게 느껴질 수도 있다. 저자는 시종일관 비판적이며 센 말투다. 사람들은 인생을 잘못 살고 있으며, 타자에 기댄 삶의 끝은 파멸이라고 말한다. 저자는 인생에서 가장 중요한 것은 홀로 살아가는 힘이라고 강조한다. 불편함이 있는 책은 곧 생각거리가 많은 책이라는 뜻이다. 겐지의『인생 따위 엿이나 먹어라』(바다출판사, 2013)가 그런 책이다. 자식을 품에서 내려놓지 못하는 부모, 부모 품을 떠나지 못하는

자식, 이 시대의 홀로서기가 필요한 이들에게 이 책 읽기를
권한다.

"한 치 앞은 어둠이고 빛이기도 하다. 어둠에 내던져질지,
빛으로 뛰어들지는 본인의 의지에 달려 있다. 인생을 타자
에게 맡기는 타율적인 삶 속에서는 절대 빛을 얻을 수 없
다."(102쪽)

'글을 어떻게 시작할까'만큼 글의 마무리를 어려
워하는 이들을 종종 만난다. 서평이라는 집 한 채를
짓는다고 생각하면, 집을 짓기 전에 설계도가 필요하
지 않겠는가. 서평이라는 집 안에 무엇을 어떻게 넣어
구성하고 채울 것인지, 서평의 설계도나 조감도를 그
려 본다. 이것이 '개요'에 해당한다. 시작과 마무리가
막막하다면 더더욱 개요, 서평의 틀이 필요하다. 틀을
짜고 그 틀에 맞추어 서평을 구성하면 된다. 서평의
틀은 복잡하지 않다. 네 문단의 서평을 구성한다면 첫
문단에는 작가와 작품 소개, 두 번째 문단에는 줄거리
(문학)나 주요 내용(비문학)을 요약한다. 셋째 문단은
발췌와 해석, 넷째 문단은 전체 느낌, 추천 대상과 추

천 이유를 배치하면 된다. 이 구성의 순서는 서로 바뀌어도 무관하다. 하지만 추천 대상과 추천 이유는 가능한 마무리 단락에 넣어 준다.

[글의 처음과 마무리를 위한 인용 예시 ③]은 마루야마 겐지의 『인생 따위 엿이나 먹어라』를 읽고 쓴 서평의 마지막 단락이다. 서평자는 글을 마무리하고 이후에 하나의 단락으로 인용을 배치해 왜 홀로서기를 해야 하는지를 한번 더 강조한다. 마지막에 배치한 인용은 저자의 도발적인 목소리로 강한 여운을 남기며, 이 서평이 대상 독자로 설정한 '자기 자신을 찾아 홀로서야 하는 이들'에게 그 메시지를 좀 더 강하게 전달하는 효과가 있다.

글의 처음과 마무리를 위한 인용 예시 ④

기회주의자인 주인공을 꺼삐딴으로 칭한 것은 자신의 이익에만 눈먼 주인공에 대한 작가의 조롱이자 해학이다. 특히 그를 엘리트 지식인으로 그린 점은 시사하는 바가 크다.

하지만 현재와 과거를 넘나드는 역순행적 구조는 청소년들이 읽기에 버거울 수도 있다. 그럼에도 허상의 인물 꺼삐딴 리를 통해 현실의 부조리를 고발하는 작가의 냉철한 시선을 만날 수 있는 작품이다. 평론가 이시형은 "전광용은 작품의 소재를 앉아서 구하는 작가가 아니라 직접 현장을 찾아다니며 발로 쓰는 작가"라고 칭했다. 그만큼 그의 소설 속에서 1950~1960년대 한국 사회의 생생함을 느낄 수 있을 것이다. 또한 그의 섬세하고 군더더기 없는 문체를 만나고 싶다면「꺼삐딴 리」를 권한다.

『꺼삐딴 리 ─ 전광용 단편선』(문학과지성사, 2009)

[글의 처음과 마무리를 위한 인용 예시 ④]는 작품에서가 아니라 이시형 평론가의 말을 인용한다. 서평을 쓰는 이는『꺼삐딴 리』에서 1950~1960년대 한국 사회의 생생함을 느낄 수 있다는 자신의 관점을 평론가의 말을 인용해 뒷받침한다. 이렇듯 인용은 필자가 하고 싶은 말, 즉 나의 관점을 뒷받침할 때 객관성을 높이는 도구로 활용할 수 있다.

첫 문장이 강렬한 책들이 있다. 알베르 카뮈의 『이방인』은 "엄마가 죽었다"로 시작한다. 이보다 더 강한 첫 문장이 있을까 싶다. 가와바타 야스나리의 『설국』도 첫 문장으로 유명하다. "국경의 긴 터널을 빠져나오자, 설국이었다." 많은 작가가 첫 문장, 첫 단락에 공을 들이는 이유는 그다음 문장을 읽게 하기 위해서다. 첫 문장, 첫 단락에 매력을 느끼지 못하면 A4 한 장짜리 서평이라도 끝까지 읽지 않을 가능성이 높다. 첫 문장은 독자의 시선을 끌어 글로 들어오게 해야 한다. 가독성 높은 문장이어야 한다. 반면 마지막 문장은 독자의 마음이 오래 머물 수 있도록, 여운이 남을 수 있도록 한다. 물론 이렇게 쓰기란 말처럼 쉽지 않다. 이때 인용을 해 보자. 시작하는 단락은 호기심을 불러일으킬 만한 문장을 발췌 인용한다. 마무리에서는 서평 주제를 한 번 더 정리해 줄 수 있는 구절이나 여운을 주는 문장을 인용한다. 단, 서평 한 편의 처음과 마무리 부분 모두에 문단 인용을 배치하는 것은 자제한다. 자칫 서평이 인용으로만 채워진 듯 보일 수도 있다.

이처럼 인용할 때 주의해야 할 점이 있다. 인용의 위치이다. 글의 도입부를 인용으로 시작한다면 한눈에 이목을 끌 만한 내용이면 좋다. 중간에 인용을 배치한다면 글의 흐름을 방해하지 말아야 한다. 자칫 공들여 쓴 글이 느닷없이 출현한 인용으로 길을 잃을 수 있다. 마지막으로 서평 마무리 지점에 하는 인용은 여운을 주거나 생각할 거리를 던지는 문장을 배치한다. 또, [글의 처음과 마무리를 위한 인용 예시 ③]에서 살펴보았듯이 마루야마 겐지처럼 도발적인 목소리를 배치해 글을 읽는 독자에게 문제의식을 느끼게 한다.

인용의 위치	
글의 도입부	이목을 집중시키는 내용
글의 중간	문맥을 방해하지 않는 발췌
글의 마지막	여운을 주는 문장 생각할 거리를 던지는 문장 작가(저자)의 도발적인 목소리

인용은 잘하면 글이 살지만 적절치 않으면 하지 않는 것만 못하다. 인용도 기술이다. 하지만 아무리 기술이 뛰어나더라도 여러 차례 퇴고하는 것을 앞서지 못한다. 글쓰기의 8할은 퇴고, 고쳐쓰기다. 초고가 걸레가 될 때까지 퇴고하라는 말이 있을 정도이다. 인용도 글을 퇴고하듯 점검해 보자.

- 인용이나 발췌가 꼭 필요한가
- 전체 서평의 1/3(또는 4~5줄)을 넘지 않는가
- 작품에 호기심을 갖게 하는가
- 서평 주제에 부합하는가
- 앞뒤 맥락과 어울리는가(인용 위치가 적절한가)

가끔 서평을 왜 써야 하는지 질문하는 이들을 만난다. "서평이 책을 소개하고 평하는 글쓰기라면 굳이 써야 할 이유가 있을까요, 제가 아니어도 책을 소개하는 이들은 많은데요."

틀린 말은 아니다. 책을 소개하는 이들은 많다. 도서 인플루언서로 활동하는 이들만 해도 분야별로 얼마나 많은가. 그뿐인가. 전문비평가들도 있다. 그럼에도 서평을 써야 하는 이유는 있다. 서평 쓰기는 책을 온전히 '내 것'으로 소화하는 작업이다. 서평을 쓰기 위해서 최소 두세 번은 읽고 또 읽는다. 재독, 발췌독 한다. 그리고 쓴다. 책 내용이 온전히 내 것이 된다. 또한 서평은 독자에게 미리 읽기와 다시 읽기 경험을 제공한다. 책에 대한 정보를 제공하기 위해서는 책 제목, 작가(저자) 소개, 간단한 책 소개와 같은 정보와 책과 관련된 사회적 맥락, 책의 핵심 메시지에 대한 서평자의 평가 등 책을 자세히 조사하고 이를 자신의 관점에서 충분히 해석하고 설명해야 한다.

서평을 통해 책을 읽지 않은 사람들은 책에 대한 정보를 얻고, 선택에 영향을 받기도 한다. 언뜻 보아서는 독자를 위한 일인 것 같지만 가장 큰 수혜자는 서평을 쓰는 사람이다. 독자에게 읽히는 서평을 쓰기 위해 얼마나 노력할 것인가. 글이 달라지고, 책 읽기가 달라질 것이다. 그러니 '서평을 왜 써야 하는가'가 아니라 '서평을 왜 쓰지 않는가'라는 질문이 더 자연스러울 것이다.

글을 쓰고 싶은 욕구와 실제 글이라는 결과물은 가까워 보이지만 실은 가장 먼 이상과 현실이다. 서평을 쓰고 퇴고하는 것은 생각이 아닌 실행이다. 글쓰기를 실행으로 옮기는 것은 때로 몸이 축나는 일이다. 그만큼 어렵다는 말이다. 어떤 이는 글쓰기가 어려운 것은 세상에서 요행과 우연이 가장 없는 행위이기 때문이라고 한다. 요행과 우연이 없는 곧이곧대로의 행위이지만 때로 기분이 삼삼해지기도 한다. 읽기에만 머무르지 말고 글쓰기로 움직여 보자. 내가 움직였을 때 내 글, 나의 서평이 독자의 마음을 움직이게 한다.

5장
서평의 첫 단추와 마지막 단추

01

서평의 첫 단추는 주어 고르기다
―10가지 주어의 쓰임

주어와 서술어는 늘 짝을 자연스럽게 이루어야 한다. 애써 맞춘 티가 나거나, 누가 봐도 어긋나 있는 느낌이 든다면 수정해야 한다. 상식이라 여길 독자도 있겠지만 의외로 단순한 문제가 아닐 수 있다. 서평을 첨삭하다 보면 틀어진 주술 호응을 짚을 일이 여전히 많다. 특히 이는 서평 쓰기에서 더욱 집중해야 할 문제다. '나'라는 주어로 몇 장이든 쓸 수 있는 독후감과 달리 서평은 '나'를 쓰지 않고도 생각을 전달해야 하는 글이다. 그렇다면 어떤 주어들을 써야 할까? 서평을 즐겨 읽는 독자라면 가장 먼저 떠오르는 주어가 있을 것이다.

- 책은 (작품은, 소설은, 전기는, 그림책은…)
- 작가는 (저자는, 양귀자는, 엘리자베스 스트라우트는,
  작가에게는, 작가로서는…)

서평의 대표 주자 격인 주어들이다. 어떤 서평은 이 두 주어만으로도 글을 끝내 버린다. 다소 건조하긴 하지만, 간단히 책을 소개하거나 권하고 끝나는 책 기사가 그렇다. 신문을 펴면 짤막하게 실려 있는 신간 소개 기사가 예다. 이 책은 무슨 내용의, 어떤 특징을 띤 책인가 정도만 말할 수밖에 없을 때 두 주어를 쓴다. 물론 가장 큰 이유는 지면의 한계 때문이다. 비좁은 방을 배정받았으니 짐을 조금밖에 들여 놓지 못하는 방 주인의 마음을 떠올리면 이해가 쉽다. 주로 ◦사실 전달과 ◦요약 정리 중심의 서평이다. 책 내용을 기억하고자 기록하는 서평이며, 자기 중심의 소감을 과감히 생략하고 싶다면 두 가지 주어만으로도 서평을 완성할 수 있다. 또 다른 주어들로는 무엇이 있을까?

- 표지는(책 날개는, 책등은…)

- 사진은 (일러스트는, 삽화는…)

- 판형은(책의 크기)

- 글씨체는…

- 본문은(본문 디자인은…)

- 예시는(사례는…)

책의 이모저모를 매만질 수 있는 주어들이다. 더 많은 주어를 발굴할 수도 있으니 각자 주어 탐구에 돌입해 보자(아이들은 더 잘 발견한다!). '나'로만 글을 썼던 사람이라면 갑자기 쏟아지는 주어의 행렬에 당황할 수도 있다. 그러나 낯섦도 잠시, 어느새 서평 쓰기의 재미에 푹 빠질 수 있을 것이다. 이 주어들을 쓰면 책을 다양하게 보는 관점과 관찰력이 일취월장한다. 책 내용을 따라가기에 급급하고, 보고 싶은 부분만 봐 왔다면 전체를 두루두루 보는 시선을 키울 수 있다. 어떤 주어를 쓰느냐에 따라 서평의 느낌은 크게 달라진다.

이제 본격적으로 책 안으로 들어가 본문의 '속살'

을 꺼내는 주어들을 살펴보자.

○ 등장인물은(책 속 김○○은, 저자가 소개하는
  박○○는…)

책의 어떤 구체적인 부분을 짚어 가며 설명하고
싶을 때는 책에 등장한 인물로 요약 정리를 시도해 보
자. 같은 책을 읽어도 어떤 인물을 꺼내는가에 따라
생기는 차이를 비교할 수 있다. 주의 깊게 본 또는 서
평에 소개하고 싶은 인물은 각자 다르기 마련이다. 이
것이 서평 읽기의 또 하나의 묘미다. 예를 들어 주인
공 '브리치'와 그녀가 함께 일하던 동료 '에밀리아', 브
리치의 동생 '사바나', 브리치의 엄마 '카멜라', 에밀리
아의 친구 '다니엘' 그리고 대학 교직원 '잭'과 '미카엘'
사이의 일과 우정, 관계에 대한 소설이라고 가정해 보
자. 대부분의 서평자들은 브리치를 중심으로 줄거리
를 풀어 나갈 것이다. 모든 인물을 다 소개할 수 없기
에 '브리치+에밀리아+다니엘' 조합을 쓸 수도, '브리
치+사바나+카멜라' 조합을 쓰기도 한다. 어떤 인물

을 어떻게 소개하고 정리할지는 서평자의 선택이며 결정이다.

마지막으로, 열 개의 주어 중 가장 자유롭고 분명한 힘을 발휘하며 비평 연습을 하기 좋은 주어다.

○ 독자는 (읽은 이는, 읽은 사람은, 본 이는…)

나는 이렇게 읽었다고 말하고 싶은데 위의 주어들은 이리저리 봐도 객관적인 느낌뿐이라 건드리기 어렵다면 '독자는'이라는 반가운 주어가 있으니 걱정은 접어 두자. '독자는'이라는 주어 뒤에 숨어 무슨 말이든 할 수 있다는 자유로움을 만끽하는 순간이다. 나도 수많은 독자 중 한 사람이니 '독자는' 이라고 말해도 좋은 것이다. 조금 주의할 점이라면 어떤 독자인지 설명하는 연습을 해야 한다는 것이다. 이것은 곧 독자를 분류하는 일이다.

○ 장○○ 작가의 전작을 읽은 독자는(독자라면)
○ 장○○ 작가의 책을 처음 읽은 독자는(독자라면)

◦ 최근의 한국 소설을 즐겨 읽은 독자는(독자라면)

◦ 최근의 한국 소설이 낯선 독자는(독자라면)

◦ 영미 고전 문학 비평에 관심 있는 독자는(독자라면)

◦ 자기 계발서를 즐겨 읽는 독자는(독자라면)

자신이 소개하고 싶은 독자를 '표현'하고 '정의'하는 글쓰기 연습. '나는 그냥 나인데 뭘 구구절절 설명하나?' 귀찮을 수 있지만 보다 정확히 자신의 입장이 표현되는 것을 목격하면 다 쓴 후의 만족감도 커지는 법이다. 보다 지적인 방법으로, 직선이 아닌 곡선으로, 직접이 아닌 간접화법으로 나를 설명하는 일을 비로소 끝마쳤다는 충만감이 든다. 그제야 신문이나 잡지나 어디선가 본 서평이 왜 '독자는', '독자라면'이라는 주어를 썼는지 이해가 된다. 불특정 다수의 독자를 이해하고 배려하는 주어이기 때문이다. 책에 대한 내 입장, 좋았던 점과 아쉬웠던 점을 다양하게 표현할 수 있으니 여러 주어로 써 보자. 꼭 책이 아니더라도 '관객은', '관람자는', '시청자는' 등의 주어로 무한 확장될 수 있으니 비평 쓰기의 즐거움을 만끽해 보자. 왠지

'서평엔 내 생각을 쓰면 안 되겠지?'라는 두려움을 가져 왔다면 지금 당장 '독자는'으로 시작하는 한 문장부터 만들어 보자.

02
서평의 가운데 단추는 인용이다
─서평을 위한 인용의 10가지 쓰임

서평 곳곳이 느슨하게 열려 있을 때 사용할 수 있는 단추가 바로 '인용'이다. 어딘가 허술한데, 어디를 어떻게 보수공사해야 할지 몰라 막연할 때 곧바로 직진할 수 있는 안식처 같은 곳도 인용이다. 학술논문에서 사용하는 어렵고 딱딱한 인용을 떠올릴 필요는 없다. 인용은 여기저기의 곳곳의 누수를 막고 때워 튼튼한 집으로 리모델링하는 좋은 연장이요 재료다. 인용은 서평의 재료이자 그 자체로 하나의 구조물이기도 하니 잘 골라 두어야 한다. 다음은 얼마 전 한 고등학교 특강에서 받은 질문들이다. 누구나 할 수 있는 인용에 대한 고민이다.

◦ 책을 읽다 보면 밑줄이 너무 많아져서 고민이에요.
  그러다 막상 서평에 쓰려고 하면 무엇을 골라 써야
  적절한지 잘 모르겠어요. 이것저것 다 옮기다 보면
  오히려 지저분하고 끝이 안 나요.

◦ 저는 밑줄 친 걸 잊어버리고 싶지 않아 옮겨
  적는데요. 제가 인상 깊은 부분을 서평에 넣어도
  될지 고민이에요. 서평에 꼭 필요한 인용인지,
  아니면 개인적인 선호로 밑줄 그어 둔 부분을
  사용해도 될지 모르겠어요.

◦ 발췌가 인용 맞나요? 제게 감동적인 부분이고 잊고
  싶지 않아서 밑줄 그은 게 얼마나 가치가 있는지
  모르겠어요. 제가 혹시 책을 잘못 읽었을 수도 있고,
  그리 중요하지도 않은 부분인데 서평의 주제처럼
  써도 될까요.

책을 열심히 읽은 독자만이 할 수 있는 질문들이
었다. 서평을 쓰려고 애써 본 사람으로부터 온 물음표

였기에 매우 반가웠다. 독후감은 서평과 달리 독자가 아닌 나를 위한 기록이다. 글의 목적과 형태가 정해져 있지 않은 무제한 발췌다. 그러나 매번 밑줄만 옮기다 보면 그런 글에 익숙해져 버리니 조심해야 한다. 기억력을 위한 단순 기록이라면 모를까, 누군가가 읽는 글이라면 좋은 방법은 아니다. 언젠가 한 번은 정리된 글을 써야 할 때가 올 테니, 미리 연습해 두자.

그렇다면 적당한 인용이란 무엇일까? 꼭 맞는 인용을 찾아내는 방법이나 정해진 분량이 있는 것일까? 서평의 목적과 방법, 분량에 따라 다르지만 전체 분량의 20~30% 정도를 인용으로 할애하면 적당하다. 자로 잰 듯 쓸 필요는 없지만 대략의 비중은 의식하고 써 보자. 내키는 대로 쓰다 보면 어질러진 방처럼 요점이 묻히고, 주제까지 흐릿해진다. 단숨에 읽히는 글이란 각 요소들이 조화롭게 어울리고 일관성 있게 이어져야 하니, 적절한 인용의 쓰임을 생각해야 한다.

(1) 제목용 인용

(2) 첫 단락용 인용

(3) 작가 소개용 인용

(4) 내용과 상황 설명용 인용

(5) 등장인물 소개용 인용

(6) 주제 풀이용 인용

(7) 해석을 위한 인용

(8) 비평을 위한 인용

(9) 독자 추천을 위한 인용

(10) 맺음을 위한 인용

① 제목용 인용

제목용 인용은 쉽게 말해 '제목이 되는 인용이다. 인용 중 가장 눈에 띄는 자리다. 적절한 인용이 떠오르지 않거나, 제목에 넣고 싶은 인용이 있다면 사용할 수 있다. 인용 표시를 해야 하므로 이렇게 쓴다.

예) 누구나 한 번쯤은 "인생 편의점에서 친구"를 만난다.

② 첫 단락용 인용

첫 단락용 인용은 눈에 띄는 도입부를 만들고 싶은 사람에게 유용하다. 시작이 막막하거나, 첫 문장 쓰기에 부담을 느낀다면 적극적으로 사용해 본다. 발췌해 둔 글 중 시작 부분에 쓸 인용을 골라야 한다. 그리고 첫 단락에 바로 사용한다. 인용한 페이지의 쪽수도 기입한다. 주의할 점은, 바로 이어지는 두 번째 단락과 도입부의 연결이 자연스러워야 한다는 것이다.

예) "그 시절 책을 좋아하던 독자들에게도 책 모임이 있었다. 대학가를 중심으로 인문 사회 책 모임이 주를 이루었다. 그들에게 책 모임은 생각을 나누는 장을 넘어 실천으로 이어지는 교류의 현장이었다. 인문 사회 책 모임 '봄 그리고 겨울'은 연세대 사회학과 학생들을 중심으로 시작된 토론회로, 다양한 세미나와 학회 후엔 농활까지 이어진 적극적인 연대였다."(78쪽)

③ 작가 소개용 인용

작가를 소개하는 일은 때론 간단하지만, 가끔은 복잡한 순서다. 책 날개만 인용하면 된다고 생각했다가 의외로 소개가 복잡하거나 텅 빈 날개를 보면 무엇을 써야 하나 막막해진다. 특히 작가 소개 분량이 길수록 요점 찾기가 어렵다. 작가를 모르는 독자에게 소개해야 하니 중요한 부분 중심으로 써야 하는데, 모든 부분이 다 중요해 보인다. 이럴 땐 ｡내가 소개하려는 책과의 연관성 ｡독자들이 알고 싶어 할 정보 ｡작가를 대표하는 소개나 정보 위주로 정리한다. 이때 책 날개의 정보를 인용한다면, 역시 인용 표시를 넣어 객관적인 느낌을 살릴 수 있다. 책 날개에 쓰인 정보이기에 보편성을 띈 사실, 평가라는 전제로 사용할 수 있다.

예) 1965년 서울 광진구에서 태어난 성희영은 국제갤러리 센터 대표를 지내며 유명 전시들을 기획하고 진행해 왔다. 주로 신진 작가들을 소개하는 데 앞장서온 전시 기획자로 그녀는 "발굴되지 않은 신예들의 잠재력을 끌어내어 문화예술의 비평을 넓혔다"는 평을 받는다.

④ 내용과 상황 설명용 인용

독자들이 인용을 가장 절실하게 필요로 하는 순간이다. 책 내용을 풀어 쓰고 싶은데, 상황을 이야기해야 하는데, 마음 가는 대로 써 버리면 핵심을 놓치기 쉬우니 인용이 반드시 필요한 것이다. 마음대로 본 게 아니라 책에 써있는 내용이라는 사실을 해명하는 부분이기도 하다. 자칫 감상기로 흐르는 것을 피해 갈 수 있는 인용법이니 적재적소에 활용해 보자.

예) 작가는 당시의 상황을 떠올리며 "좋은 사회란 작은 모임이 다양하게 만들어지고 연대하는 타원"(89쪽)임을 강조한다. 작가에 따르면 작은 모임이 늘어야 하는 이유는 작은 목소리들 안에 "어떤 다양성이 있는지 확인하는 자리"(90쪽)이기 때문이다. 현재도 10여 개의 작은 모임에 참여하고 있는 작가 송시현에게 좋은 사회의 가능성은 곧 작은 모임의 가능성이라고도 볼 수 있다.

⑤ 등장인물 소개용 인용

책 속 인물을 소개하는 부분은 서평의 필수 요소다. 소설과 비소설 모든 영역에서 인물 소개는 주요 단골 메뉴로 서평에 생생한 느낌을 불어넣는 잔재미요, 양념이다. 어떤 인물이 나와서 어떤 말을 했는지 혹은 작가가 그 인물을 어떻게 그려 냈는지 간접체험하고 정보를 얻는 창이니 활짝 열어 둘 필요가 있다.

예) 소설 속 수현은 자주 광저우에서 보낸 육 년을 떠올렸다. 회사에서 뽑은 광저우 총 책임자로 뽑힌 남편은 갈고닦은 중국어 실력을 발휘하겠다며 짐을 꾸리기 시작했지만 수현은 말을 잃어 갔다. 내심 남편이 영국 지사로 가게 된다면, 서점기행을 써 보겠다던 그녀의 계획이 일순간 무너져 버렸다. 그녀는 광저우에 없는 영국 서점들을 떠올리며 '아무도 없는 거리에서 정처 없이 헤매는 일은 호사가 아닌 나태와 권태의 반복일 뿐'(134쪽)이라며 스스로를 위로했다.

⑥ 주제 풀이용 인용

작품의 주제, 작가 의도를 정리 요약해서 전달하는 단락을 쓰고 싶을 때가 있다. 물론 필수 요소는 아니고 선택이다. 주제를 파악하는 일은 독자 각자의 몫이므로 서평이 늘 짚어 줄 필요는 없다. 매번 주제를 풀어 쓰다 보면 서평이 아닌 참고서나 해설서처럼 읽힐 수 있다. 작품의 주제를 읽는 시선 또한 다양할 수 있으므로, 서평가가 답을 내리듯 정해 주지 않아도 된다. 그러나 서평을 쓰다 보면 주제를 풀어 쓰고 싶거나, 풀어 쓰게 되는 경우가 있다. 자칫 감정적으로 쓰거나 독후감상기로 흐를 수 있으니 인용을 바탕으로 쓴다. 구체적인 느낌을 줄 뿐 아니라 같은 책을 읽은 독자는 해당 부분을 되새겨 볼 수 있어 유용하다. 서평자의 입장에서 주제가 선명하게 드러난 부분이라고 보인다면 자연스럽게 사용하면 된다.

예) 작가에게 결혼은 '가부장제의 처절한 현장'(125쪽)이었다. 비혼으로 살겠다던 결심을 뒤엎고 서른아홉에 결혼을 한 작가 현지성은 가정마다 가부장제를 겪는 방식은 다르지만 전세대보다 가혹한 경험 중이라면 "남편의 성장과정을 전해 듣고, 관찰하라"(19쪽)고 조언한다. 그때의 전달자가 누구인지 어떻게 기억하고 증언하는지 또한 "가부장제의 되물림을 이해하는 한 챕터"(126쪽)임을 작가는 강조한다.

⑦ 해석을 위한 인용

해석은 만인의 것이며, 끝없는 여정이며, 재평가의 가능성이다. 각자의 몫으로 남겨진 숙제이기도 하다. 원문이 공통적이라면 해석은 개별적이다. 원문은 공용의 것이지만 해석은 개인의 것이기에 언제나 해석은 스스로 쟁취해야 하는 시선이다. 어떻게 읽었는가를 해석할 줄 안다면 반쯤의 성공이다. 정답이 있다고 믿는 사람은 정답에 갇히지만 나름의 해석이 존중받아야 한다고 생각하면 적극적으로 해석한다. 이때 주의할 점은 인용을 사용하되 인용에 의지해서는 안 된다는 사실이다. 마치 '인용의 산'처럼 뒤덮인 서평을 써 버리면 누더기 같은 인용의 연속에 그치고 만다. '단 순히 베껴 쓰기한 것과 무엇이 다른가'라는 의혹을 살 수도 있다.

⑧ 비평을 위한 인용

비평이 해석과 다른 점이 있다면 보다 뚜렷한 근거를 지닌다는 사실이다. 해석은 자유지만 비평은 근거가 있는 '작품'이다. 어떤 비평이라도 근거를 보여 주어 야 하고 그 근거에 뚜렷한 설명을 보충해야 한다.

⑨ 독자 추천을 위한 인용

소개하는 책이 어떤 독자에게 맞춤형일까 고민해 보 는 것 또한 서평의 의무다. 이는 서평자라면 잊지 않 고 넣어 줘야 할 하나의 '정보'다. 나는 좋은데, 이런 사람은 별로겠는데? 나처럼 이런 독자라면 좋아하지 않을까? 고민해야 한다. 결국 나라는 독자를 설명하는 글쓰기인 셈이니 재미있다. 책 속의 한 구절을 인용한다면 독자 추천이 빛날 수 있다. 작가의 말, 추천자의 한마디, 해설, 본문 어디든 좋다. '이런 독자라면 반길 만한 책이다', '이런 독자에겐 쉽게 읽힐 책이다', '작가의 전작을 읽은 독자에겐 반가운 신작이다' 등 이 책에 적합한 독자를 추천하는 문장과 함께 적절한 인용을 넣는다면 신뢰감을 높일 수 있다.

> 예) "집중력은 도둑맞은 것이 아니라 제자리를 찾지 못하고 있을 뿐"(270쪽)이라는 저자의 주장이 궁금한 독자라면, 흥미롭게 읽을 교양과학 에세이다.

⑩ 맺음을 위한 인용

글의 마무리에서는 인용을 사용하여 독자에게 여운을 주거나 생각할 거리를 던지는 문장을 배치하는 것이 좋다. 이를 통해 서평 주제를 한 번 더 정리하거나 독자가 곱씹어 볼 만한 생각을 남길 수 있다. 단, 서평의 시작과 마무리에 모두 문단 인용을 배치하는 것은 절제하자. 자칫 서평이 인용으로만 채워진 것처럼 보일 위험이 있으며, 너무 많은 인용이 글의 원래 흐름을 방해할 수 있기 때문이다.

03
서평의 마지막 단추는 서술어 고르기다
─10가지 서술어의 쓰임

주어의 주소를 다양하게 찾았으면, 이젠 서술어를 골라야 한다. 아니, 찾아야 한다. 숨겨진 서술어도 있고, 새로운 서술어를 발견할 수도 있다. 익숙한 서술어부터 낯선 서술어까지 다양하게 익히고 '저장'해 두면 매우 편리하다. 이 장에서는 다양한 서술어 중에서도 용도별로 대표적인 10가지 서술어의 쓰임을 안내한다.

서평의 10가지 서술어

[요약·정리·전달용 서술어]

◦ ~말한다

◦ ~전한다

◦ ~밝힌다

◦ ~설명한다

◦ ~소개한다

◦ ~서술한다(~쓴다)

◦ ~묘사한다

◦ ~보여준다(~드러낸다)

◦ ~싣는다(싣고 있다)

◦ ~풀어낸다(풀어내고 있다)

……

[해석·견해·비평용 서술어]

◦ ~읽힌다(읽힐 수 있다/읽히기도 한다)

◦ ~보인다(보일 수 있다/보이기도 한다)

∘ ~돋보인다(탁월하다/뛰어나다)

∘ ~장점이다(성취다)

∘ ~단점이다(취약해 보인다)

∘ ~아쉽다(아쉬울 수 있다)

∘ ~한계다(한계로 보일 수 있다)

∘ ~추천한다(권한다)

∘ ~다가올 수 있다(다가오기도 한다)

∘ ~엿볼 수 있다(엿보이기도 한다)

……

서평이란 책의 내용과 특징을 소개하고 평가하는 글이므로, 요약·전달 기능과 견해·추천 부분이 함께 실려야 한다. 상황별로 서술어가 달리 쓰인다고 보면 된다. 주어가 늘 '나'라면 '재미있다', '지루하다'로 끝낼 수 있다. 그러나 서평은 '나'를 제외한 주어들, '책/작가/독자/등장인물…'을 주어로 쓰기에 더욱 객관적인 느낌의 서술어를 써야 한다. 예문을 살펴보자.

①-1. 독후감의 문장

재미없게 보이던 과학 에세이가 이렇게 재미있게 읽히다니, 과학과 담 쌓은 나도 책장이 술술 넘어갔으니 모든 사람이 읽어 보면 좋겠다.

①-2. 서평의 문장들

과학 에세이에 관심 없는 독자까지 술술 읽도록 흥미로운 예와 풀이를 보여 주는 책이다. 과학책과 가까워지고 싶은 이에게 추천한다.

서술어의 차이부터 살펴보자. '좋겠다' → '추천한다'로 바뀌었다. 나만 좋다는 감상에서 그치지 않고 누군가에게 추천한다는 필자의 입장을 분명하게 밝혀야 책을 선택하는 데 도움을 줄 수 있다. 모든 사람이 읽으면 좋겠다는 감상은 오로지 내 입장일 뿐이다. 누구나 읽어도 좋을, 그러니까 만장일치로 만점을 받는 책이 있을까? 저마다 읽는 관점이 다르니 불가능한 일이다. 이 책이 누구에게 더 필요한 책인지 그 범위를 좁히다 보면 이처럼 '추천한다', '권한다'를 쓸 수 있고 바로 앞의 목적, 대상을 더 콕 짚어 줄 수 있다.

②-1. 독후감의 문장

작가의 솔직담백한 이야기와 섬세한 글솜씨가 가슴 깊이 다가왔다. 작가처럼 쓰고 싶은 예비 에세이 작가들이 본다면 당장 사서 필사하고 싶은 책이다.

②-2. 서평의 문장들

(1) 솔직담백하게 풀어놓은 작가의 이야기와 섬세한 문체가 돋보인다. 에세이 작가를 준비하는 독자라면 읽어 볼 만한 에세이다.

(2) 솔직담백하게 풀어 쓴 작가의 이야기와 섬세한 문체가 장점이다. 에세이 작가를 꿈꾸는 독자라면 읽어 볼 만한 에세이다.

(3) 작가의 솔직담백한 이야기와 섬세한 문체가 장점인 책이다. 에세이 작가가 되고 싶은 독자에겐 참고가 될 만한 에세이다.

글의 일부만 바꿔도 독후감을 서평으로 변신시킬 수 있다. 서술어가 바뀌면 목적어, 보어, 관형어의 자리에도 미세한 변화가 일어나 객관적인 문장으로 달라진다. "가슴 깊이 다가왔다"라는 표현은 "가슴 깊이 느껴졌다", "가슴 깊은 울림을 주었다", "가슴 깊이 남았다"처럼 쓰일 수 있는, 독후감의 대문 격인 서술어다. 어린이부터 성인까지 독후감에 즐겨 쓰는 표현이다. 편하고, 익숙하기 때문이다. 그런데 다른 사람은 어떨까 고민하며 나로부터 '한 발'만 빠져나와 본다면 문장에 변화를 줄 수 있다. 어렴풋한 느낌의 문장이 명료한 평가형 문장으로 바뀐다.

위처럼 "장점이다", "탁월하다", "돋보인다"로 써 본다. 처음 이런 서술어를 쓸 때는 '내가 평론가도 아닌데 이렇게까지 확신에 찬 표현을 해도 되나?' 고민할 수 있지만 익숙해지면 훨씬 깔끔하고 정리된 글처럼 보인다. 물론, '나만 좋은 거지 다른 사람은 어떨지 모르잖아?'라며 불안할 수 있다. 불필요한 고민은 아니다. 장점의 무게를 객관적으로 재 보는 확실한 비평 연습이니 말이다. '나만 좋았는가?' '나 말고 어떤 독자가 좋아할 책인가?' 등을 고민하면 시야가 배로 넓어진다.

서평의 서술어를 더 발굴해 보는 것도 재미있는 공부다. 마치 '서술어 채집가', '서술어 수집가'가 되어 기사나 칼럼, 서평집에서 서술어를 모아 보면 어떨까. 총천연색의 서술어를 한자리에 모아 놓으면 적재적소에 꺼내 볼 수 있다. 또한 독후감처럼 쓰인 글을 퇴고할 때도 요긴히 활용하게 되니 필수 재료인 셈이다. "나는 이 장면을 보며 너무나 가슴이 뛰어 눈물이 흘러 버렸는데, 작가님의 전작도 좋았지만 이번이 더 좋았다"처럼 봇물 터지듯 흘러나온 감정을 쓰다 보면 어떻게 수습을 해야 할지 모르겠고, 마무리가 어려워 방치하게 되니 이럴 때 서술어 통장을 열어 보자. 그제야 정리의 방향이 보인다. 어떻게 정리하고 수정해야 안정감 있고, 객관적인 서평으로 고칠 수 있는지 길이 열린다. 서평은 재능이 아닌 연습과 경험의 글쓰기다. 누구나 지속적인 퇴고와 서평 쓰기를 이어 간다면 담백하고 객관적인 서평을 완성할 수 있다. 흔히 보는 서술어들을 수집하고, 꿰고, 쌓아 보자. 서로의 서술어 통장을 열어 공유해 보자. 다음은 서평 서술어 수집에 도움을 줄 만한 책들의 목록이다.

서평 서술어 수집에 도움을 주는 책들

- 강양구 외, 『과학자를 울린 과학책』(바틀비, 2018)
- 강유원, 『책 읽기의 끝과 시작』(라티오, 2020)
- 김윤식, 『내가 읽은 우리 소설』(강, 2015)
- 박연준, 『듣는 사람』(난다, 2024)
- 비스와바 쉼보르카, 『읽거나 말거나』(봄날의 책, 2018)
- 서경식, 『내 서재 속 고전-나를 견디게 해준 책

들』(나무연필, 2015)

◦ 안건모, 『삐딱한 책읽기』(산지니, 2017)

◦ 이봉호, 『음악을 읽다-문화중독자의 음악도서 서평집』(스틱, 2017)

◦ 최원호, 『혼자가 되는 책들』(북노마드, 2016)

◦ 최은주, 『책들의 그림자』(엑스북스, 2015)

◦ 황현산, 『잘 표현된 불행』(난다, 2019)

서평의 단추 고정력은 근거다

글쓰기 강의 현장에 가다 보니 과제를 '받는' 사람이 되었다. 누군가가 공들여 쓴 글 과제를 열기 전에 '사연'부터 읽는다. 과제와 함께 동봉된 발신인의 이야기다. 가장 많이 도착하는 사연은 글쓰기의 어려움이다. 과제를 하면서 어떤 점이 어려웠는지, 얼마나 부족한 글인지에 대한 호소가 절절히 담겨 있다. 때론 글쓰기의 즐거움도 쓰여 있다. 과제를 마치며 느낀 뿌듯함과 희열을 듬뿍 담아 보내는 메일도 있다. 다양한 과제를 분류하며 알게 된 흥미로운 사실이 있다. 사연 없이, 즉 파일만 있는 '냉무' 과제와 사연 있는 과제 사이의 품질 차이다. 사연과 함께 온 과제의 품질이 더 높은 편인데, 아무래도 그 이유를 살펴볼 필요가 있다.

사연이란 과제를 쓰게 된 경위이니 일종의 근거로 볼 수 있다. 과제만으로 설명되지 않는 전후 과정에 대한 설명과 근거인 것이다. 하소연이나 한풀이라 할지라도 필자로서 띄우는 입장과 같은 글이다. 오직 제출한 글로만 엄격히 평가받아야 한다고 생각했다면 빈 메일을 보낼 수 있을 것이다. 그러나 두세 문장의 사연이라도 보탬으로써 노력한 마음을 전달하고 싶다면 한번 간결하게 남겨 보자.

ㅇ과제 ㅇ사연 → ㅇ결과물 ㅇ과정 → ㅇ주장 ㅇ근거

서평을 쓰는 과정도 이 리듬을 따라가다 보면 흐름을 금세 익힐 수 있다. 내 서평에 달린 느슨한 단추들을 보다 단단히 여미는, 단추 고정 기능을 강화하는 것이다. 제자리에 정확히 달려 있는 단추가 되려면 단추마다의 근거가 필요하다. 왜 그 자리에 그 단추를 달았는지에 대한 근거를 쓴다. "나는 알지만, 독자는 모른다." 늘 한발 물러선 이 관점으로 쓴다면 제자리에 단추를 달 수 있게 된다. 서평 단추 고정력을 강화하는 근거법 다섯 가지를 보자.

- 하나, 이 책을 소개하는 이유에 대한 근거
- 둘, 이 예시를 설명하는 이유에 대한 근거
- 셋, 이러한 요약을 하는 이유에 대한 근거
- 넷, 이런 비평을 하는 이유에 대한 근거
- 다섯, 이런 추천을 하는 이유에 대한 근거

하나, 이 책을 소개하는 이유에 대한 근거

책을 소개하는 이유부터 생각해 보자. 왜 나는 많은 책 중 이 책을 소개하려 하는가? 서평은 이 고민을 거쳐야 나오는 글이다.

- 재미있어서
- 감동적이어서
- 유익해서

- 신선해서

- 개성 있어서

- 작품성이 뛰어나서

  ······

둘, 이 예시를 설명하는 이유에 대한 근거

서평의 구석구석 등장하는 요소로 '예시'를 들 수 있다. 예시는 여러 이유로 필요한데, 어떤 때에 예시를 쓸 수 있는지 정리해 보자.

- 작가의 의도를 보여 주기 위해

- 이 책의 중요한 주제이기 때문에

- 책의 대표성을 띠는 부분이기 때문에

- 등장인물을 잘 소개하는 부분이기 때문에

- 재미있고 유익하기 때문에

  ······

셋, 이러한 요약을 하는 이유에 대한 근거

요약은 크게 대요약, 중요약, 소요약이 있다. 책의 큰 얼개를 보여 주는 대요약, 대략적인 중심 부분을 그리는 중요약, 상세한 부분까지 추리는 소요약이다. 책 내용을 전부 옮길 수 없기에 요약이 필요한데, 요약의 쓰임이 어떤지 알아 두면 좋다.

- 책의 큰 줄기를 간략히 보여 주기에
- 책을 재미있게 보이는 주요 힌트이기에
- 책을 읽은 사람도 정리하는 느낌을 받기에
- 책을 모르는 이에게 호기심을 주기에
  ......

넷, 이러한 비평을 하는 이유에 대한 근거

비평이란 의견이며, 관점이며, 입장이다. 비평이 없는 서평은 요약에 지나지 않고 정보 편집에 그친다. 같은 책을 보더라도 다른 비평이 나온다. 나처럼 본 독자들도 분명 있을 테니, 그 독자 중 한 사람으로서 비평을 한다. 비평의 이유들을 짚어 본다.

- 책의 장점을 짚고 싶어서
- 책의 개성을 소개하고 싶어서
- 책의 유익성을 알리고 싶어서
- 책의 아쉬운 점을 말하고 싶어서
- 다른 작품과 비교하고 싶어서
......

다섯, 이러한 추천을 하는 이유에 대한 근거

소개와 추천은 다른 결이다. 책 소개를 읽을 땐 '약' 정도의 호감을, 추천을 보면 '중강' 즈음의 호감을 느끼게 된다. 어떤 이유로 추천하는지까지 구체적으로 밝힌다면 관심도는 배로 상승된다. 이때 중요한 부분은 대상, 즉 어떤 독자인가이다. '인간이라면 누구나 읽어야 한다', '사람이라면 반드시 읽어야 할 책'이라고 소개했던 책도 있었는데, 나중에 보니 민망해지기 일쑤였다. 과하고 단정적이라는 느낌을 줄 수 있는 '일 방형 추천'이다. 보다 객관적인 입장에서 한 발 떨어져 누가 읽으면 좋을 책인지, 그들에게 왜 추천하는지를 아주 잠시만 생각해도 '쌍방형 추천'이 될 수 있다. 물론 아무리 생각해도 '누구나 보면 좋은 책'이라는 확신이 든다면,

- 청소년 이상 누구나 한번 읽어 볼 만한 교양인문서다.
- 성인이라면 누구나 한번은 읽어 볼 만한 흥미로운 인터뷰집이다.
- 책을 좋아하는 이라면 누구나 관심을 가질 만한 서평집이다.

이처럼 '누구나'로 시작하되 이어지는 부분에 정확한 이유와 근거를 명시하면 두루뭉술한 느낌을 줄일 수 있다.

- 추천하고 싶은 독자들이 떠올라서
- 독자를 구분하지 않고, 누구나 읽으면 좋을 책이기에

- 빌려 읽기보다는 소장하면 좋은 책이기에
- 다시 읽어도 좋은 책이라는 생각에
- 책은 좋은데 너무 알려지지 않아서
- 이 책이 어렵거나 지루하다는 편견을 깨고 싶어서
- 기타

서평의 단추 모양은 표현력이다

서평의 단추 모양을 들여다볼 차례다. 얼마나 튼튼한 지를 확인했다면, 이젠 단추가 얼마나 예쁜지도 봐야 한다. 음식도 예쁘게 담기면 식욕이 올라가는 것처럼, 같은 서평이라도 읽고 싶게 만들 수 있으니까. 비슷 한 표현이라도 조금만 방향을 틀면 다른 느낌으로 전 달된다. '아 다르고, 어 다르다'라는 말이 괜히 나온 게 아니다.

지금 책 모임을 하는 카페에 있다고 상상해 보자. 모임 운영자가 말한다. "말을 하다 보면 길어지는 분이 있어서 1~2분 내로 말씀해 주셔야 해요." 순간 분위기가 얼어붙는다. 어떻게 그 안에 말하지? 갑자기 말하기가 주저된다. 같은 뜻이라도 이렇게 전달하면 분위기를 확 바꿀 수 있다. "저도 말을 하다 보면 길어져서요, 1~2분이 넘어가면 제가 정리할 수 있도록 도와드릴게요." 누군가의 도움을 받으며 모임을 한다니 기분이 좋아진다. 진행자가 있으니 역시 다르구나 싶어 입이 열린다.

서평에서도 '아 다르고, 어 다르고'의 차이는 뚜렷하다. 쓰는 사람에겐 고작 2mm의 차이가 읽는 이에겐 2m가 넘는 다름이 될 수 있다. 예로 바로 들어가 보자.

(1)-1. 언제 본론이 시작되나 싶을 정도로 지루한 도입부가 50페이지나 있어 책을 덮어 버릴 뻔했다.

(1)-2. 50페이지의 도입부는 본격 드라마 전의 느린 해설서처럼 읽혀 다소 지루할 수 있지만 책을 덮기엔 이르다.

(1)-1번 문장의 주된 힘은 '감정'이지만 (1)-2번 문장은 '설명'이다. (1)-1은 쓰는 사람, (1)-2는 읽는 이를 더 고려하며 썼다는 인상을 준다. (1)-1은 감정 해소에 그치지만 (1)-2는 다음 문장을 기대하게 만드니 서평의 문장이다. 여기서 중요한 점. (1)-1번의 문장을 쓴 이유를 생각해 보자. 내 화를 전달하려는 것인가? 아니면 50페이지 다음은 괜찮았다는 것인가? 만약 후자라면 다음 문장에 대한 기대를 높이는 표현을 (1)-2처럼 써야 한다. 글은 짜임이고, 구조이며, 결론이다. 그래서 뭐 어쩌라고? 그래서 무슨 말을 하려는 거야? 미주알고주알 늘어놓은 후에 하려는 말이 결국 무엇인지, 반드시 쓰기 전에 생각해야 한다. 의식의 흐름대로 분풀이처럼 늘어놓다 보면 결국 목적, 결론을 코앞에 두고도 감정의 나열에 그치다 마는 것이다. 보다 차분히 하려는 말이 무엇인가 생각하고 그에 어울리는 표현을 찾는 일. 서평을 쓰며 우리가 배우는 가장 큰 공부요 성장이다.

자, 다음 예로 가보자.

(2)-1. 책장을 넘기다 보면 밑줄 긋고 싶은 부분이 너무 많아 옮기고 싶어진다. 작가의 필력이 대단하구나 싶어 작가의 다른 책도 찾아 읽고 싶지만 첫 장도 열지 못한 책들을 보면 한숨부터 나온다. 책을 좋아하지만 책을 읽지 못하는 나는 바쁘다는 핑계를 대며 스마트폰을 잡고 있는 스스로가 한심해 보인다.

(2)-2. 밑줄을 긋게 하는 작가의 개성 있는 필력이 시선을 붙잡는다. 작가의 다른 책까지 관심을 갖게 된 독자라면 마음도 바빠진다. 새로운 책을 읽고 싶지만 미뤄 두었던 책들이 떠올라 주저하게 된다. 급격히 떨어진 독서량의 원인은 늘 바쁜 일상이라지만, 주범은 스마트폰이다. 스마트폰부터 잡기 전에 책의 첫 장이라도 펴 보자.

(2)-1는 책이 좋다는 문장으로 시작해 자책으로 끝나는 한 문단이다. 요점이 빗나간 글처럼 보이지만 속마음을 솔직하게 드러내고 싶은 필자의 의도 또한 읽힌다. (2)-1의 요지를 최대한 유지하면서, 표현을 다르게 수정한 글이 (2)-2다. 비슷해 보이면서도 다른 차이를 담아낸 수정본이다. 무엇이, 어떻게 달라졌는가? 독자 각자가 메모해 봐도 좋겠다. 최소 두 가지

이상의 차이점을 찾아 기록해 보자. 쓰기 위한 관찰도 재미있는 공부의 방법이다.

이제, 달라진 표현을 정리해 보자. 크게 세 가지 차이점부터 찾는다.

(1) 문장 개수의 변화

원문은 세 문장, 수정문은 다섯 문장이다. 각 문장이 간결해지면서 전달하려는 의미가 분명해졌다. 장황한 나열이 아닌 정확한 의사 전달로 가기 위한 수정이다. 문장 수는 늘었지만 전체 분량은 원문과 엇비슷하게 유지했다.

(2) 동어 반복의 수정

원문에선 동어 유사어의 반복이 잦다. '싶은 부분', '싶어진다', '싶어', '싶지만'의 반복부터 수정한다. '싶다'는 말을 반복하니 유독 감정의 호소나 해소로 읽힌다. 수정문은 같거나 비슷한 표현의 반복을 줄여 구체적인 느낌을 살렸다.

(3) 감정 단어를 설명 단어로 교체

기분을 표현하는 단어 '한숨', '한심'을 '주저'로 수정·조율했다. 보다 공감을 얻기 위한 글 다듬기다. "스마트폰부터 잡기 전에 책의 첫 장이라도 펴 보자"라는 문장은 스스로를 향한 말이자, 독자의 공감을 얻는 표현이다.

(1)-1과 (2)-1은 서평보다 독후감에 어울리는 문장이지만 퇴고 과정을 살펴보기 위해 주목할 만한 가치가 있다. 책을 읽고 떠오르는 여러 말 중 '단골'급의 상념이기 때문이다. 선뜻 새로운 책을 펴지 못하는 '보편적인 이유'를 쓰면 독자들의 공감을 얻을 수 있다. 구구절절, 장황해지지 않는다면 이런 정도의 서술은 서평에서 허용된다. 다양한 표현법을 익혀 두면 보다 잘 읽히는 서평으로 다듬을 수 있으니 눈여겨보자. 아래 목록은 서평에서 자주 쓰이는 표현들이니 각자 수정해 보자. 조금만 표현을 달리해도 더 잘 읽히는 서평이 된다.

서평에서 자주 쓰이는 표현들(수정 전)

- 책장이 술술 넘어가서 단숨에 읽히는 책이다.
- 집중력이 떨어져 그런지, 예시가 많아 그런지 지루하게 느껴졌다.
- 이런 분야에 관심 있는 사람이라면 재미있게 읽겠지만, 흥미를 느끼지 못하는 사람도 있을 것이다.
- 작가의 다른 책까지 읽고 싶어질 매력적인 책이다.
- 누구나 한 번쯤은 꼭 읽어 보면 좋을 책이니 강력추천한다.
- 가독성은 좋은 편이나 빤한 결말은 실망감을 안겨 준다.

위 표현들을 각자 수정해 보자.

-
-

서평에서 자주 쓰이는 표현들(수정 후)

- 책장이 쉽게 넘어가는 독자라면 금세 완독할
  책이다.
- 책에 실린 다양한 예시는 구체적이지만, 읽기에
  따라 지루하게 느낄 수 있다.
- 이 분야에 관심 있는 독자에겐 흥미로운 책이지만,
  그렇지 않다면 더디게 읽힐 수 있다.
- 작가의 다른 책까지 관심을 갖게 하는 매력적인
  작품이다.

- ＿＿＿ 에 관심 있는 독자라면 누구나 읽어 볼 만한 책이다. ＿＿＿ 에 관심 있는 독자라면 누구나 읽어 볼 책으로 추천한다.
- 가독성은 좋은 편이나, 다소 상투적인 결말이 실망감을 주기도 한다.

부록 | 서평집을 추천합니다

"이 글이 서평인가요? 에세이인가요? 기사인가요? 칼럼인가요? 리뷰인가요?" 글쓰기란 조금만 느낌과 방향이 달라져도 '소속'을 벗어난 듯 보이는 하나의 규격이라 할 수 있다. 글쓴이가 아무리 "제 글은 서평이에요!"라고 말해도 독자에게 에세이나 독후감으로 느껴진다면, 더 이상 서평이라고 주장하기 어렵다. 글은 말과 달리 변명의 여지가 없는 표현 방법이다. 이미 문장 부호까지도 의미화되어 전달되기에 발송된 후에는 변명할 기회가 없다. 그래서인지 독자들은 "이 책이 서평집이 맞나요?"라고 묻는다. 작가 저마다의 다른 독후 기록을 보니 의구심이 드는 것이다. 서평에서 강조하는 '객관성'보다는 작가의 생각, 감정, 이야기가 결들여진 독후 에세이가 많다 보니 그럴 수 있다. "이 글은 서평인가? 아닌가?"

이럴 때는 서평의 정의를 떠올려 보자. 서평이란 책의 내용에 관한 평이다. 책의 내용과 특징을 소개하거나 책의 가치를 평가한 글이라 할 수 있다. 따라서 글쓴이 나름의 평이 들어가 있다면, 그 평이 책 내용이나 가치에 관한 글이라면 서평이다. 단, 어떤 지면에 어떤 이유로 어떻게 실리는가에 따라 접근 방식이 달라지는 것이다. 예를 들어 책 A에 관한 서평을 쓴다고 가정하자. 블로그 글이라면 쉽고 친근하게 풀어 쓴다. 잡지 글이라면 내용을 보충해서 설득력을 높인다. 신문 글이라면 다소 건조하게 읽히더라도, 정보와 교양을 추가해서 객관성을 강화한다. 각 글마다의 목적과 역할이 다르다고 보면 된다. 즉 신문 서평은 묶어도 단행본이 되기 어렵다. 건조한 정보성 글의 성격이 강하기에, 재미가 떨어지기 때문이다. 출판사 입장에서는 판매가 될 기획 상품을 찾기에 거기에 작가의 관점과 개성, 재미를 가미해야 한다. 서평집으로 분류된 책마다 다른 방식으로 쓰인 이유가 여기에 있다.

아래 책들 또한 서평집이지만, 보기에 따라 에세이나 감상기로도 읽힌다. 어떤 부분을 더 중점으로 보느냐에 따라 다르게 다가오는 매력 있는 책들이다. 이들을 참고해 서평의 구조, 서평의 제목 등을 파악하고 필사 같은 방법을 통해 연습해 보자.

1. 김현, 『행복한 책읽기』(문학과지성사, 2015)

문학평론가 김현의 대표 서평집이자 독서 일기다. 특정한 틀에 갇히지 않은 자유로운 산문이지만 작가 특유의 예리한 비평까지 실려 있기에 서평집 읽기의 재미가 충분하다. 나만의 관점으로 책을 평하고 싶은 독자라면 김현이라는 문학비평의 세계를 접해 보길 권한다.

2. 최원호, 『혼자가 되는 책들』(북노마드, 2016)

온라인 서점 MD 경험을 살려 다양한 책을 소개하는 서평집이다. 분야별 책들에 대한 소개와 추천의 이유를 싣고 있다. 저자의 '독서 편력'을 따라 가다 보면 혼자 읽기의 묘미를 만끽할 수 있다.

3. 장정일, 『장정일의 공부』(알에이치코리아, 2015)

독서 일기 연작을 쓴 작가 장정일의 서평집이다. 인문·사회·정치 분야의 책들을 작가의 관점대로 망라하고 비평한 기록이다. 서평이란 무엇인지, 서평의 깊이를 어떻게 살리면 좋을지 궁금한 독자라면 읽어 볼 책이다. 함께 읽으면 좋은 책으로『장정일의 독서 일기』연작과『빌린 책, 산 책, 버린 책』(마티) 연작을 추천한다.

4. 정희진, 『정희진처럼 읽기』(교양인, 2014)

이 책은 서평집의 형식을 취한 에세이에 가깝다. 한국 사회의 통념과 상식에 끊임없이 질문을 던지는 필자로 잘 알려진 정희진. 이에 걸맞게 저자의 날카로운 통찰과 사유가 적극적으로 드러나는 책이다. 서평 쓰기에서 자신의 관점과 해석이 어려운 독자에게 추천한다.

5. 서경식, 『내 서재 속 고전』(나무연필, 2015)

한 신문사에 쓴 칼럼을 바탕으로 디아스포라 서경식을

버티고 견디게 해 준 책을 소개한다. 책은 경계인으로 살아온 서경식의 자성이자, 사회 문제의식을 드러낸다. 보편적인 고전 목록을 원하는 이들이라면 버거울 수도 있다. 하지만 디아스포라의 시선으로 확장하는 한 인문학자의 깊은 시선과 특히, 인문사회책을 좋아하는 독자에게 추천할 서평집이다.

6. 최은주, 『책들의 그림자』(엑스북스, 2015)

문학을 읽고 쓰고 이야기해 온 영문학자이자 문학비평가인 최은주의 서평집이다. 저자는 책을 나열하는 소개를 벗어나 작품과 작품을 연결하고, 이야기와 이야기, 등장인물의 관계망에 집중한다. 시공간이 다른 작품을 어떻게 연결하는지가 잘 드러나는 서평집으로 이야기의 관계망과 각각의 인물 연대기 직조가 섬세하다.

7. 목수정, 『월경 독서』(생각정원, 2013)

하나의 수식어로 부족한 '월경 탐닉자' 목수정의 서평집이다. 저자의 삶의 지평을 흔들고 확장시킨 경계적 책들을 소개한다. 삶의 반경과 시야의 경계선을 넘나드

는 저자의 관점은 자유롭고 선명하다. 길들지 않은 질
문으로, 보다 깊은 사유를 원하는 독자에게 추천한다.

서평 쓰기, 저만 어려운가요?

초판1쇄 펴냄 2024년 09월 13일
초판2쇄 펴냄 2024년 10월 31일

지은이 김민영·류경희
펴낸이 유재건
펴낸곳 엑스북스
주소 서울시 마포구 와우산로 180, 4층
대표전화 02-334-1412 | 팩스 02-334-1413
원고투고 및 문의 editor@greenbee.co.kr

편집 이진희, 구세주, 민승환, 성채현 | **디자인** 이은솔, 박예은
물류유통 류경희 | **경영관리** 이선희

ISBN 979-11-90216-51-7 03800

독자의 학문사변행學問思辨行을 돕는 든든한 가이드 _(주)그린비출판사